青春美文系列

仕路上，遇见时光

卢海娟 著

世界图书出版公司

北京·广州·上海·西安

图书在版编目（ＣＩＰ）数据

在路上，遇见时光 / 卢海娟著 . —北京：世界图书出版有限公司北京分公司，2018.12
（青春美文系列）
ISBN 978-7-5192-5221-2

Ⅰ . ①在… Ⅱ . ①卢… Ⅲ . ①散文集—中国 — 当代 Ⅳ . ① I267

中国版本图书馆 CIP 数据核字（2018）第 243144 号

书　　名	在路上，遇见时光
	ZAI LUSHANG, YUJIAN SHIGUANG
著　　者	卢海娟
责任编辑	詹燕徽　　陈俞蒨
装帧设计	黑白熊
出版发行	世界图书出版有限公司北京分公司
地　　址	北京市东城区朝内大街 137 号
邮　　编	100010
电　　话	010-64038355（发行）　 64033507（总编室）
网　　址	http://www.wpcbj.com.cn
邮　　箱	wpcbjst@vip.163.com
销　　售	新华书店
印　　刷	三河市国英印务有限公司
开　　本	710 mm×1000 mm　 1/16
印　　张	16
字　　数	204 千字
版　　次	2019 年 1 月第 1 版
印　　次	2019 年 1 月第 1 次印刷
国际书号	ISBN 978-7-5192-5221-2
定　　价	48.00 元

目　录

第二辑　在案板上旅行

第三辑　在路上，遇见时光

第四辑　抚摸那些来自远古的声音

第五辑　城市的方向

第一辑

但愿邂逅好景致

雪在飞

雪在飞，那是来自天国的羊群，它们是驾着车的，车上还拴着响亮的铃铛。驾着车的羊群快乐地哼唱，细碎的曲子纷纷洒落。

这曲子也会有不和谐的音符——偶尔的，谁的鞭子高高扬起，冷冽的空气被劈得痛了，惊悸地呜咽。

后来，车子不知在哪里抛了锚，停泊在乌云深处，那些顽皮的小羊便涌出来。羊群漫天，它们恣意地撒开四蹄，满世界疯跑。

一些羊，它们跳进静静流淌的蝲蛄河，一直沉入深深的河底。这是一群顽皮的羊孩子，它们是去河底捉蝲蛄的。

一些羊，它们分散到山上，绿叶是它们的美食，因此，每一枚绿叶都会引得它们来围观，来吞噬。它们一来，最后一片叶子也被它们吃进雪白的肚子里。

一些羊栖在邻家的屋檐上，它们是爱美又胆小的"喜羊羊"，就那么无措地躲在高高的屋脊上，无措地往下看。哦，房子太高了，谁也不敢往下跳，它们犹豫着，争吵着，正好风伯看见了，风伯吹着口哨，一把把它们推下来，它们先是发出恐怖的哀叫，继而开心地大笑起来。

一些羊落在马路上，马路上有太多奔跑的车轮，有太多匆忙的脚，它们也兴奋起来，与车轮一起飞跑，莫非，它们想追撵浮动的车轮？

　　一些哲学的羊，它们落在犄角旮旯儿，研究着那里的地势，窥视着匆匆的行人，在写论文或是思考。

　　一些羊，是我的旧相识，它们敲我的窗子，对我挤着眼睛，做着鬼脸，笑我的臃肿与不堪，提着我丢失已久的轻盈与华年。

　　雪在飞，我的心像塘里的萍，在沁凉的夜里，飘。

盼望一场严霜

揉着惺忪的睡眼，懵懂地来到窗前。未尝观望，先我而起床的室友已然开口：

"不用看了，今天还是没有下霜。"

不错，街上虽显出苍灰和萧索，却没有晶晶闪闪的霜白，冷冷的仍然只是清露，寒霜依然没有降临。

我不免灰心，打个哈欠缩回温暖的被窝——没有霜，萝卜依然不会甜脆，山葡萄依然透着酸涩，我因此也就不必冲去早市大包小裹收罗那些山野之物。

叶子枯黄、破败，早就开始簌簌地辞柯了。不过总有不甘的，它们在风的怂恿下，围着树死缠烂打，把枝丫抱得格外紧实。没有霜，那些叶子就挂着，就霸着，不肯放手，不肯离枝，树也就无奈，也就苍颓，讪讪的，在牵扯纠缠中痴立着，偶尔摇一摇手臂，像是要告别曾经的自己。

庄稼还剩下一脉绿。绿是水润的颜色，妖娆的颜色，也是浅薄的颜色，幼稚而不成熟的颜色。农人眼巴巴地望着，等待秋天把最后的绿意收回、带走——绿是属于春天的，在这里不受欢迎。

山葡萄紫了，但还有许多的绿深入躲藏在紫色当中。只要它们一天不走，山葡萄就青愣，就酸涩。

萝卜的绿跟季节无关——绿缨子绿皮袄，那是它们的衣装。我常常痴想，它这样处心积虑地把自己乔装成春天，是不是想跟秋天开一个促狭的玩笑？萝卜的变化在内心深处，若非相知甚深，没有人可以了解它的秉性。

三叶草的叶子好像被人泼了温水，生命的汁液漫漶开来，像悲伤的眼泪恣意奔流，狼藉得让人不忍目睹，却仍然在风里蹀躞着，摇晃呻吟，鸣着生命的哀歌。

······

此时，万物都在祈祷一场严霜的降临。

要从黄昏开始酝酿。风是带着脾气来的，呜咽着，东一头西一头地乱撞；空气板着冷脸，说不出的凛冽；天边的云可不管这些，大笔挥毫，在天空淋漓作画。

入夜，也许还偷偷地下了一点两点雨，后来，天晴了——人们躲进温暖的梦里，没有人来搅扰严霜的步步逼近。

清晨，放眼望去，只见草棍上裹了一层白，树叶边上描了一层白，车披了白，树挂了白，屋顶全覆了白。连朝阳也想与这白霜倾情一见，似乎比平时起得早了些。阳光下，霜益发晶亮，熠熠生辉。

秋凉透骨。

似乎我们身上也有一抹不成熟的绿，需立刻交出去。

霜点过，树叶终于读懂了最后的结局，遽然离去。挣脱了叶子的纠缠，树的枝干变得精壮、干练了，灰黑的树皮显出生命的亮色——脱下叶子的衣裳，脱却花朵的招摇，树才能甩开膀子，像威猛的男人信心满满地对付严寒。一劫过后，便是风花雪月新的轮回，便是生命再度回到春天。

　　庄稼的体脉里，稚嫩和水润被彻底封杀，妄想青春永驻的绿仓皇遁去——秋天，只有阳光被最后保存。微风轻拂，枯叶哗哗作响，这是最后的关口，严霜过后，轮回结束，庄稼们就可以安心住进仓廪。

　　萝卜就差这一点霜。一天前，它还辣得呛口，还艮得能绊住人的牙齿——只在一夜之间，它忽然就彻悟了，得道了，只剩下甘甜，只剩下爽脆。咬一口，恍惚中觉得那甘甜都是严霜悄悄点染的。

　　山葡萄更是宝贝。也怪，经了霜，它的皮就薄脆了，细腻了，汁水也浓郁了，甜透了。莫非，一夜之间，严霜就在这小小的葡萄里酿了蜜露？

　　……

　　人都以为，植物最怕最恨的，就是这严霜。

　　我却觉得，严霜是植物一生苦苦的等待。从春天第一粒幼芽，到披挂满身的花朵，都是为了迎接这严霜的莅临。每一种经历了严霜的植物都可以化腐朽为神奇，都可以从不知所措的优柔中成长起来，让生命晋升到新的维度。

　　严霜是一种终结，更是一种开始。

　　因此，一直爱着严霜满地的日子，爱着生命中那些坎坷，那些波折，正是这一次又一次的考验，一次又一次的蜕变，生命才变得益发丰满，益发完美。

但愿邂逅好景致

对于景区，对于名胜，我一直有一种莫名的抵触，总觉得被人看得太滥的风景像极了迎来送往的交际花——逢场作戏也就罢了，倘一不小心动了真情，难免步人后尘，心有不甘，以为不值。

无论多么好的山水，只要磨砺得有了"名"的负累，就变得势利了，俗了，热闹与喧哗中，也就失了山水的本真和灵性。

那个眼前铺锦的人，身边多的是锦上的花，爱他的人那么多，捧他的人那么多，寂寂的人，又何必要去凑那个热闹？

每一个假日，每一个黄金旅游季，我都会悄悄躲起来，遥望攒动的人头窃笑。我远离时尚，不喜招摇，惧怕蚁群一样想要占有风景的抢着要出行的人们。

我喜欢与同样寂寞的景致忽然邂逅，喜欢那种没有目的的猝然相逢。

寻亲也好，访友也罢，千山万水奔赴陌生的所在，或大或小的事情总会有个终结。出门，随意东西，车水马流的尽头，忽然就遇见了，忽然就跌入眼帘。耳边的喧嚣远了，淡了，只剩下那一花、一叶、一雪泥、一鸿爪。心似秋千架，景致荡悠悠在那秋千索上，揪得粗糙的心阵阵地痛。

这一痛，生命舒展，老去的心慢慢醒来，那重逢的欣喜，也许只是一缕斑驳的异地阳光，也许是一掬轻声呜咽的山泉。当然，我也不会拒绝盛名在身的山川的魁伟与壮丽，也同样会为它们大声喝彩。与别人不同的是，我会踽踽走进它们的内心深处，体悟它们驮了太多的脚印，看过太多的故事，刀砍斧削的苦。

狷傲如我，决不肯去朝拜一处山川，只为它累世的名。也决不肯在名人面前屈膝、俯首，贪那一点名人头上的光环。

人也好，景致也好，相遇，是需要缘分的。于万千劫中，忽然遇见心仪的景致，心仪的人，这该是怎样一种惊喜啊！

有名也好，无名也罢，有一天，急急赶路的我从你身旁打马而过，一粒细小的石子让我跌落尘埃，跌入你的怀里，自此，我便踟蹰不前。当我揣着一颗狂跳的心走进你，脚下那几株杂乱无章的草已经等待得倦了，软了，在风中伸长召唤的手臂，而那些伶仃的树一直在绽放花朵，就像远处凝望我微笑的人。

抚摸着草的细发，树的肌肤，花的脸庞，吞吐着梦里早已熟识的气息，我终于找到了生生世世相濡以沫的你。缠绻在重逢的喜悦里，或者，会有轻云出岫，迷离了绮艳的香梦；或者，会有雨润花娇，氤染了平淡无奇的人生——恍恍迷离中，相遇的我们，原本就是旧相识。

就是这样：山水的柔情像温暖的臂膀慢慢张开，一场彻骨的缠绵，销肌蚀髓，美妙绝伦！我仿佛回到了生命的源头，回到一朵花的世界，我全部的生命就是为了回报这一次邂逅。

那瞬间的交错就是我今生最美的梦，而昨日所有清晰的、历历在目的日子，都成为这梦的背景。

——但愿，今生与我有缘的好景致，都能这样与我邂逅相逢。

就像远隔千里万里，我爱的人。

等雪来

这一年我积极主动，力争上游，努力向文字以外的世界进发。我参加了很多活动，也走了很多地方，结识了一些人，看到许多好景色。

这一年，我的眼光也曾在许多阳光不肯光顾的角落停驻：看到不洁净的交易；看到露骨的伎俩；看到许多谄媚的嘴脸和装腔作势的假笑。

别人眼里的舞台风光往往需要主角站在黑暗的灯影之下，舞台之外的付出与拼争，那些汗水与委屈都成了不值一提的弃物。声势浩大的活动与四面八方聚起的人群总是鱼龙混杂，颜值与金钱，假笑与谎言，裸身在外的光环就是利益的驱动按钮。

经历得多了，耳畔也就塞满罪恶得逞者肆无忌惮的笑语欢声，那些经过眼眸的黑暗与肮脏就像潘多拉魔盒里的虫子，心灵的窗子一旦打开，它们就潜入心房盘踞下来，进而变成一星恶的土壤。愤恨与嫉妒、苟且与猥琐，各种恶苗以此为温床，转眼间就蓬蓬勃勃长出一小片荒原来。

心里长了草，便免不了有蚊蝇来栖落，嗡嗡攘攘中，真与爱，善与美，淡定与从容，宁静与安详……所有修炼已久的美德便被搅扰得戚戚焉、惶惶然几无安身立命之所，安闲清静的日子出了漏洞，文字也变得潦草，变得惶恐不安。

心灵的洁白宣纸被几滴脏墨沾染，哪怕一季的雨，也再难洗白。只好等雪来，等到圣洁的雪花伸出天使的柔荑，轻轻抚平那些皱痕。如果有哪些划痕无法抹去，就用雪的轻羽的被子把它覆盖吧——清除野草最好的办法是种上庄稼，清除愤恨与嫉妒，妥协与苟且……最好的办法就是爱与包容，就是拓宽宁静安详足以安置美德的心灵家园。

眼睛、嘴巴、耳朵，这都是心灵的斗室根植于外界的轩榭，每一处，都要勤于打扫，都要保持干净整洁。倘不幸染了脏，染了恶，染了无法清洗的斑驳色彩，就只能等一场雪，一场来自内心虔诚祈盼的瑞雪从天而降，来轻抚，来遮蔽，来严严实实地覆盖，直到看不到一丝破旧脏污的痕迹。

一场雪，可能来自属于自己的天空，也可能来自别人的田园，重要的是，我们能敞开心扉去迎接，去拥抱，让一场雪带走这满身的污浊。

雪终究会来，我们必须提前准备。先把那些愤恨，那些嫉妒，那些龌龊，那些患得患失……要舍得把那些积攒已久的心思全都抛开。生命的途程原本波澜壮阔，有阳光明媚，有煦风送暖。我们没有必要背着肮脏破旧的行囊一路蹀躞，没有必要背着装满毒虫猛兽的包袱时刻准备着打倒相遇或是同行的路人。

我相信，我的天空终究会飘满吉祥的雪花，那么高贵，圣洁，落在我的额头上，我的发上。我的衣袂因雪花的飘舞而灵动，我的跣足因雪花的爱抚而芳香洁白，所有的暗黑从此一扫而空，所有的霉运从此将会烟消云散。文字轻灵，日子沁凉，心室里微风轻拂，雪花之上，安坐我莲瓣一样温馨圣洁的人生。

东风有信无人见

春天是冬天的骨肉，就睡在冰雪的胞衣里。

站在灰暗的窗前，我静静地等待春天的来临。

此时，乡下的母亲又该扳着手指算计，那些最为寒冷的日子就像手指一样扣在她的掌心。都说"冷在三九，热在三伏"，连"五九六九"都过了，春天也该跷着脚，悄悄地向这边跑来了吧？

柳是最为敏感的植物，就算远远地听到春的脚步也会振奋地醒来。只是，时令已入"雨水"，春天在祖国的南方已大张旗鼓地拉开了帷幕，但长白山地处寒温带，雨水过后，依然水瘦山寒，连柳树也依然枝丫僵硬，沉浸在冬日的冷梦中。

细细看去，还是能看出一些端倪的——向阳的南坡上，雪不再是细软的棉花糖样的白，不知何时偷偷结成晶莹的雪壳，在阳光下熠熠生辉。或许，藏在下面的冰凌花已耐不住了吧，哪一天艳阳高照，它就会推开雪晶砌就的门扉，风华绝代地走出，在山坡上洒满金黄的昂扬的笑脸。

母亲摘下厚厚的棉门帘，让阳光晒去上面积了一冬的霜雪。拆掉这与寒冷对峙的软墙，也便给阳光打开了通道，玻璃窗上的浓霜在慢条斯理地融化，一如院子里那些柔和的，慢慢消逝的融雪。

火炕上挤满了盛着种子的玻璃瓶，父亲哼着俚曲醉心于他的试播。每一天，父亲都要无数次重复着把它们举起，目光迷离地观望，玻璃瓶里的种子正激情满怀地发芽，父亲的脸上便写满秧苗满地的憧憬，仿佛看到他的田苍苍郁郁，含在一片笑吟吟的山谷的唇间。

晴朗的白日，谁家的房上会摇摇欲坠几根晶亮的"冰剑"，剑柄在房顶，剑锋直指大地。仰望的人不免心寒：死亡与重生，莫非，这就是春天的宣言？

老母鸡歇了整整一个冬天，这天黄昏终于引吭高歌："咯咯哒！咯咯哒！"它何时有了私情，竟这样趾高气扬地产下了今春第一枚蛋？

……

"东风有信无人见，露微意，柳际花边。"大幕虽然没有完全打开，所有与春天有关的幕后工作者已悉数到位，只等春风吹响号角，生命的戏剧就将隆重上演。

春天的老家在乡村，因此，春天的到来，总是从乡下开始：在扶疏的柳树的枝柯间，春意漫漶开来，若隐若现，若有若无，远远看去，如烟如岚。不久，柔和的微风开始兴高采烈地讲故事了——那么漫长的冬天，一缕风曾经牵着雪的细手闯遍大江南北，此时它最有发言权。时光从东方悠悠醒来，一叶新绿，一蕾花红，直到桃花灼灼柳丝袅袅，这个不疾不徐的丹青妙手就这样一路点染开去，生命渐入佳境，浓墨重彩。春燕衔泥，苍鹰扶摇，连年老的心也蠢蠢欲动。

也有百尺的高楼和沉迷的香夜，只是奢华和绮艳与春天无关，在物质层层围裹的空调房里，季节的来去变得无足轻重，就像我们轻若红尘的凡俗生活。

在楼宇拥簇的高楼之外，在城市的边缘，从四季的应酬中抽出身来，我在静静地等待春天。用美好的想象勾勒绿色的梦想，用俏皮的笑话表达内心的欢愉，生命像一粒风干的种子，春水一浸，又会在轮回中丰满起来。

就像一株植物那样满怀希望地守望春天，给自己一个步入开始的理由，否则，当我们一味以囚居寒冬那颗冰凉、冷透的心看世界时，又怎么能够看到这世界的美丽、幸福和快乐呢？

和植物一起"啸聚山林"

清晨，在渐朗的熹微中走入山林，空气清冽，一如流泉渗入狭小的胸腔。在沁凉的石板上洗濯沾满尘埃的肺叶，一种贯穿上下的通透感，从百汇到涌泉，污浊的体气排出，被植物们瞬间清扫干净。纯正清澈的空气是山林的馈赠，只消得一呼一吸，便足以荡涤脏腑——身，轻了；眼，明了；心，净了。

太阳正在梳妆，还没有开始一天的工作。慵懒的树和贪玩的草还在赖床，它们睡眼蒙眬，需放轻脚步不要吵到它们。山林深处，早起的鸟儿像花草树木设置好了的闹钟，兀自啾啾吟唱。

沿着灰色的石阶一路攀爬，半山腰向右一转，便是一处通幽的曲径斜斜插入山林。小路上身体前倾，努力摆臂移步，山重水复之后，站在山巅轻喘，便可俯瞰小城的一角。透过嫩绿的树叶，鳞次栉比的灰色的高楼拘囿了人们的生活，锁住了原本与植物相通的心灵，那里，沉迷的香夜延伸到本该安静的清晨。密集的高楼里多的是喧嚣，多的是怨怼与咒骂，多的是争勇斗狠的种种谋略与心机，……这些，不是我活着的目的，也绝不是植物们的主流生活，它们站在高处，只偶尔看一眼，一切了然于胸，却并不妄加评论。

置身于高树和野草之间，置身于广阔明澈的天地间。身边，松和柏高俊挺拔，如父如兄，它们的职责是坚守，是奉献。极少有松柏独自伫立在荒郊野外终老一生，它们总是聚族而居，像一个整齐的村落，每一株松柏都颀长、笔直、规规矩矩地长高长壮，目光永远飘向远方。

能生而为一棵松柏，经历四季的风霜雨雪，看过红尘的繁华与凋敝，等到长大之后，不惧刀砍斧削，成为栋梁或成为棺椁，百年之后，或浴火而灭，或相伴一人深埋在土里，一点一点地腐朽、溃烂，直至化成一抔肥沃的土，这是不是一场最好的修行？"事难方见丈夫心，雪后始知松柏操"，松柏，一直是树中的翘楚，植物中的智者。

柞树是豪放的东北汉子，它们可以奔赴各种岗位——造屋打圈，做家具，烧木炭……不管来生如何，此时生而在山上，它们就要活得快活。柞树从不讲究姿态，它们叉着腿，扭着腰，恣意地摆放自己繁复的手足。"天子呼来不下马，佳人美目顾盼频"——活在山林之中，什么都无须在意，一任闲人评说，一任闲人毁誉。春风里，有时它们大声地打着呵欠，有时又粗声粗气地呵斥细小的风儿吹凉了它们的好梦——和松柏一同生而为树，有大雅，也有大俗。

老鸹眼浑身长刺，它们是山里的土著，那种剑拔弩张一贯拒绝的姿态总让人联想到坐在办公室里的小领导——他们倨傲地把肥扁的身子深深陷入老板椅内，无论多么小多么容易的事，都要煞有介事地摆手说："不行，不行。这个得研究研究。"

老鸹眼就是一株让人忍俊不禁的虚张声势的树，它们在高大的松柏和柞树的边缘谋得一块属于自己的地盘，于是枝枝蔓蔓地打开家族，呼晨曦，吐朝露，仰望高树战战兢兢地开出细小的花朵，俯瞰野草，理直气壮地结出一串串黑色的浆果。等到秋冬季节，便会有漆黑的老鸹哇哇叫着来狠狠地啄食。

山路两旁，林间散兵游勇一样散布在各处的是榛树，它们生得瘦小、细弱，仨一丛，俩一伙，像多嘴的村妇悄悄传播山里所有的隐私。不过可不能小觑了它们——等到火红的秋天来到山林之间，它们的脚下便会生出一簇簇的榛蘑，那是我们无上的美味，那时候，榛树也会结出香甜的坚果。

还有荆棘和青藤，山花和野菜，它们各有各的家园，各有各的生活。

每一天，我静静地打植物们身边走过，从树皮上微微泛出生命的青亮，到它们披上花花绿绿的衣裳；从枯叶中悄悄探头的一茎绿意，到纤长柔顺像山的须髯似的那一大绺羊胡子草；从青枝到绿叶，从弱蕊到娇花，我蹒跚的脚步日益急骤，我虚弱的身体和植物一起茁壮。山花微笑，野草含羞，缠绵的藤扯着我的手臂，絮絮地和我唠家常，就连荆棘也为我打开像散落的星星一样的点点花朵，惹得我老是咧着嘴对它们傻笑。

这一年，我和植物们"啸聚山林"，肩上和心头的重负慢慢地化为云，化为雾，随风而去，我的心房宽敞明亮，和树的心、花的心、草的心息息相通。

生命原本就是平等的，在语言之外，相遇自有别样的静美与绮丽。

黄蝴蝶带着春天飞来

长白山的春天，是从蝶翅上开始的。

倘若蝴蝶一直不来，即使到了四五月间，有时玉米苗已经露出了地面，老天也还是会忽然变了脸，一怒之下降下一场雪来。

蝴蝶是春天真正的精灵，只有蝴蝶飞过，雪才会做最后的交接与告别。

在民间，至今仍然保留着用春天里见到的第一只蝴蝶来占卜这一年运气的习惯：倘若见到的是一只黄色的小蝴蝶，就像淡黄的月见草羞答答的小花瓣在眼前翩然飞过，那么自己和亲人这一年必然平安如意，百事顺利；倘若遇见的是娇小雪白的菜粉蝶，则预示着家中长辈身体欠安，恐有丧事；倘若遇见的是一只暗红带着黑色斑点的蝴蝶，则预示着前路坎坷，自身会遇见挫折，恐有破身之灾或遭人暗算，要安守本分，小心谨慎方可。

人们最先见到的大多是黄蝴蝶，就像明媚的春光翩然而来，纤柔小巧，柔美娇俏，它们在料峭的春寒中上下翻飞，尽情舞蹈——一只黄蝴蝶，轻盈、飘逸，在阳光明媚的午后款款飞来，薄翅扑扑地扇动，似乎要全力洒下幸运的蝶粉。等到人们发现，在人们的追扑与惊叫中，黄蝴蝶上下翻飞，渐行渐远，只剩下邂逅了这只蝴蝶的人，心中溢满好运临头的惊喜。

有时，两只黄蝴蝶追逐嬉戏，绕来绕去地飞，像一对腻在一起相亲相爱的小情侣，相爱的人猝然见了这两只蝴蝶，必然十指相扣，默默祈祷，这是他们心心相印、钟爱一生的最好凭证。

黄蝴蝶栖在蒲公英娇弱瘦小的花盘上，蝶翅微微颤动，蒲公英的花蜜是它的午餐。那时我还是个孩子，蹑手蹑脚，捏着拇指和食指伸手来捉，蝴蝶一下子飞走了，等我缩回手抬头仰望，它又飞回来，在我的眼前，在花间缠绵。我常常迷醉在温暖的午后，与一只黄蝴蝶默默对视，心中充满了温暖与喜悦。

黄蝴蝶其实就是菜粉蝶。它们以蛹越冬，翌春四月初开始陆续羽化，边吸食花蜜边产卵。黄蝴蝶的生命很短暂，只有 2~5 周，它死后，灵魂会进入一个新的轮回——丑陋的卵，人人唾骂的菜青虫，安静的蛹——只有经历了恶魔的旅途，做过人人捕杀的害虫之后，它才会蜕变成美丽的蝴蝶，蜕变成一个小小的天使。

在乡下，此时蒲公英的花儿快开了吧？那么多的黄蝴蝶点缀着湛蓝的天空，它们飞来飞去，像花朵从仙女的指缝中纷纷滑落，童年的记忆也像霰雪一样，在时光里纷纷飘坠。

恍惚中，有一条雨润烟浓的长路连接着城市和乡村，此时植物们刚刚醒来，睡眼蒙眬，记忆中的黄蝴蝶却要飞走了，飞过山冈，飞过田畴，飞过无边的阔水和碧绿的草地，像一缕缕年华流逝的袅袅余音。

蚂蚁是我的神话

　　我们从来都不曾留心过，一只蚂蚁是怎样生活的。

　　读书的时候，学校附近有一座金鱼公园，公园里有个很粗糙的湖心岛，上有崎岖的水泥台阶，两边多黄土和碎石，是个很荒凉的地方。我贪图那里的安静，常常独自一人带一本书去那里坐上小半天。

　　不久，我就发现了湖心岛上的快乐居民，那是个庞大的蚂蚁王国。整队的蚂蚁常常气势磅礴地出行，我不知它们是准备行军打仗还是集体狩猎，也不知它们家居何处，要去向何方。我那时是个爱读书爱思考的孩子，书上说蚂蚁是靠气味认路的，于是我盯住一群铿锵前进的蚂蚁，不怀好意地在它们走过的路上用手指一路抹去，企图把蚂蚁留下的气味路标拔个干净。我一直抹一直抹，觉得这样还不够，正好当时脖子上挂了一个袖珍的香水瓶，我灵机一动，小心地把香水涂抹到手指上，再一遍又一遍地涂抹蚂蚁走过的路——这下，既抹去了原味，又洒下新的味道混淆视听，蚂蚁们一定再也找不到家门了吧？

　　我不知道这一招是否奏效，不过我似乎从来也没遇见迷路的蚂蚁。我蹲在崎岖的土路上，等着被我抹去气味的蚂蚁向我问路，但是，每一只蚂蚁都目标明确，行色匆匆，只有我闲得无聊，被正午的阳光照得汗水淋漓。

书上还说蚂蚁会看天识路，这一回我针对的是一只独行的蚂蚁——伸出手掌盖住它的天空，手掌离开地面不足一厘米，我几乎趴着看蚂蚁的表现，可是它一点停下来的意思也没有，行走得仍然信心十足。

蚂蚁真是个神话，没有人可以解释它们的行动。

有一只蚂蚁大概是个搬运工，它拖着大过它身体几倍的虫子疾行，躲过碎石，躲过土坷垃，沿着水泥台阶向上攀缘。

水泥台阶差不多有二十厘米高，它攀到一半，一个马失前蹄，虫子从它身上骨碌下来，一直落到台阶下面。蚂蚁一点都不气馁，立刻折返回来，拖上虫子继续它的行程。

我看着，终于动了恻隐之心。当它的虫子第三次落下后，我找了两根细小的木棍把虫子夹起来，送上它想去的台阶，同时捏上蚂蚁把它送到虫子旁边。

不想这一善举严重地伤害了蚂蚁的自尊心，它好像不认识那只虫子似的，回头，气呼呼地跑开了……

读书那几年，一有闲暇，我就蹲到公园的湖心岛看蚂蚁。有一次，我随着几只威武的蚂蚁蹲在地上屈曲盘旋行走了很久，一直走到水泥台阶上。正当我全心全意与蚂蚁们神游大荒之时，一双脚从天而降。我猛抬头，一张居高临下的脸先是吓了我一跳，继而让我面红耳赤——都是我太过忘情，有人从台阶上走下来都没发觉，挺大个姑娘蹲在地上行走，那奇怪的样子不知道有多别扭！

对于我来说，蚂蚁一直是个神话，对所有关于蚂蚁的传说，我都充满了好奇。

邻家大叔说，蚂蚁会赶集。

是那种足有一厘米长的大个子黑蚂蚁。

那天，邻家大叔去距离本村五六里地的邻村赶集。大叔背剪双手，低着头走路，这样，他就看到了脚下的蚂蚁。蚂蚁沿着大路悠闲地前行，大叔和我一样，都是充满好奇心的人，他想看看蚂蚁要去哪里，于是就盯住它。

一里、两里、三里……邻家大叔不紧不慢地走，蚂蚁在他脚边从容前行——大叔没想到，这只蚂蚁竟然与他顺路。

一直走到集市上。蚂蚁跟着赶集的大叔进了市场，只见它爬到卖虾米的小贩那里，拖了一个虾米便踏上了归程……

别人不相信邻家大叔的话，我却笃信不疑。蚂蚁肯定有它们自己的理想，有它们想要的生活，每一只蚂蚁都在努力建设属于它们的王国。

记得"黄粱一梦"的故事说的就是发生在蚂蚁王国里的事。看来，古人也喜欢把蚂蚁当神话。有一段时间电视广告多的是蚂蚁酒的广告，看来有人也和我一样，希望自己像蚂蚁充满了力量，永不倦怠。

然而我终究走不进蚂蚁的世界，看不懂蚂蚁的眼神，听不懂蚂蚁的声音。蚂蚁，在我不懂的维度，与我们若即若离。

清晨，我走在山林中

　　近半个月的阴雨缠绵让原本洁净的心房湿了，长了霉斑，安宁静好的日子逃得越来越远。恼了，吵了，倦了，厌了——烦恼与焦躁来袭，生活变得乏趣可陈。

　　缩在冰冷的被子里，听雨絮絮地敲打窗棂，像个没牙又啰唆的老太婆。倘不理她，她还会时不时地发起疯来，咭咭地怪笑，或者打一个怪声的呼哨，湿淋淋地把人从寂寂的冷梦里拽出来。

　　生活在北方，最受不了的就是这种湿淋淋的雨天。在我们这里，即使是水，也常常以固态的方式——雪花或是冰——挤在我们的生活之中，与我们朝夕相处却又相安无事。雨天，我会无端地烦恼起来，时不时要仰望天空寻找那枚丢失的太阳。

　　清晨，在炫目的晨曦中醒来，多好。阳光明媚，心情一下子就开朗起来，像张开薄薄的羽翼，谁都阻止不了飞翔的冲动了。匆忙地洗一把脸，直发、素颜，换一身轻便的运动装，我要走向阳光，走向洒满阳光的山林中。

　　还没到山脚，树就用体香发起了召唤，湿润的气息轻轻揉弄我的鼻孔，远方鸟儿的轻啼恰似温柔的耳语，软软地诉说衷情。不觉迷醉了，心里的湿气转眼间已轻成了一团雾，只等阳光一照，就悄悄散去，不经意间在心尖上结两颗璀璨晶莹的露珠，用来折射阳光普照下多姿多彩的世界。

凛冽的空气里弥漫着氧的清香，青枝翠叶安抚着苦苦寻觅的眼神，让那双被电脑屏幕不断侵蚀的近视的双眼彻底舒缓下来。淡淡的花香撺着我的衣襟，让我不由得做了一个深呼吸——不得了，肺叶因此染成碧绿。我几乎要对着一棵树纵声笑起来，身旁的橡树偏偏一脸的无辜，一副呆萌表情，就好像那个喜欢逗人笑的长者，自己一直假装笨得找不到笑点。

上山的路并不长，阳光也并没有赖床，点点碎金在树丛间若隐若现，像是淘气的孩子在和我捉迷藏。我快步向山里走去，漫长雨季里积郁已久的湿毒被逼出来了，忧忧惦惦的小坏心情也烟消云散了。一边走，一边忙不迭地左顾右盼，辨认那些相识已久的老朋友：芨芨草、野艾、露莲、走马芹、牛毛广……一个冬天的隐居，它们一个个把自己养得异常娇嫩。

松树一直很端庄，应时应景地绿着；榆树正在害喜，满枝的榆钱让它变得丰满圆润；山丁子开出一簇一簇雪白的小花，夜雨无情，细小的花瓣洒落一地；只有槐树还在偷懒，举着去年的枝丫伸向天空，像个惯于索取的孩子，一点开花长叶的意思都没有……

我走着，静静的山路上还留着夜雨的痕迹，每一湾水里都住着一枚小小的太阳，就像金鱼在快乐地游弋。高低错落的树们雅兴不小，纷纷在路上现场作画，水墨淋漓。早起的鸟儿们也大设盛筵，还赶着排练一场大型演唱会。只有阳光最为悠闲，它是驾着马的，从树梢上嗒嗒地走过，洒落一地细碎的光阴。

我的心里植入太多的欣喜，像一朵蓓蕾努力绷着、绷着，等待猝然绽放的时机。

下山的路上遇见一对父子，年轻的父亲高大英俊，一件运动衣搭在臂弯，只着一件圆领修身 T 恤，小孩子大概四五岁光景，穿一套上黄下灰的小小运动衣，戴一顶棒球帽，忽然露出来的一点肌肤一团粉嫩，让人心爱至极。

父子二人是从我身后超越过来的，因为小男孩骑了一辆带辅助小轮的儿童自行车，辘辘的声音惊醒了我。我回眸，只见年轻的父亲强健有力，健硕的肌肉块欢快地跳跃，小孩子一点都不娇弱，骑车的姿势像个勇士，真是超可爱。这一对父子打我眼前走过，如律动的阳光一样，从山林深处……

我满脸都是笑意，脚步益发轻快，心中满是喜悦与敬慕——对树的生命、花草的生命、鸟虫的生命，以及生机勃勃的人的生命。

在海边

海远在天边，与天空浑然一体，迷蒙着，苍黄着，在休憩之中孕育。

踩在海边细软的沙滩上，发现海的肌肤竟然如此绵柔细腻。等到渐渐接近海时，细沙益发柔软，远来的赶海人仨一群，俩一伙的，正一边嬉笑，一边啃踏着酱一样稀软的沙滩。原来，海潮退却时，香螺、蚬子们却躲进了沙里，踩烂的泥沙里大概没有了空气吧？香螺、蚬子们先是喷出一道水线，接着就露出地面，被远来的赶海人欣喜地收入囊中。

终于走进了海的怀中，海水温柔地抚摸我的裸足。海浪柔柔，像母亲絮絮的叮咛，海风细细，似乎怕弄乱我长发。此时细雨蒙蒙，海喘息着，从天际，从远古，一路喧嚣着走来。天空是一片迷茫的灰暗，浪花是一种悲壮的灰霾，波涛层次分明地汹涌着，时时推陈出新，却并不凶狠，鼓涨了饱满的女儿的激情。

海水细致地冲刷着我们身心的尘垢，一波一波的，来又去了，雨益发空蒙，海天一色，我们恋恋地退回岸边，等待着海一路走来。

晨起时听见海的鼓声，撑了一把伞来看海气势恢宏的进军的队伍。浪花雪白，像是海的巨大脚趾，海的巨足一步一步脚踏实地地走来，轰轰烈烈、铿锵有声。它是所向披靡的,一寸一寸攻陷那些苦苦拒守的岸,摧毁、占领、奔赴……让细致的沙滩,零乱的脚印,追花逐浪的笑声,昨日的种种,幸福抑或忧伤,全失了痕迹,只剩下黄粱一梦。

涛声隆隆。这里是属于海的,凡俗的声音就像风中的落叶,苍白而又虚无。不要喧哗,让我们来听海说,最好是月望月晦,海潮涨满,风云际会,这位自然的哲人也就大开讲坛。今日这一章是老子的"上善若水"吗?"居善地,心善渊,与善仁,言善信,正善治,事善能,动善时。"还是韩非子的"火形严,故人鲜灼;水形懦,故人多溺"?思绪像浪花在海潮中翻滚、飘荡,滔滔滚滚迎面而来,哲人们踏着史书的页码纷纷登场,而我心门洞开,迎接这自然的来客。

广阔渺远的沙滩已全部沦陷。岸边的礁石,起初还藏龙卧虎,不久后全都偃旗息鼓,失了踪迹,只剩下昂扬的浪花在空中飞扬,在纵声歌唱。我看见大地的血脉在汩汩流动,这是何等豪壮的奔突跳荡啊,海用幻灭洗净了大地脸上的油彩。在幻灭之前,在最终的劫难来临之际,人类孱弱一如蝼蚁,何其渺小,何其愚昧!面对这世上唯一深谙最终结局的智者,只有沉默,只有倾听,只允许来自心灵的呼喊与海遥相唱和。海是这世界真正的主宰。

在远离大海的村路旁,停靠着一些年老的船。有的桅杆折断,有的船舷碎裂,所有的船都漆黑斑驳,锈迹斑斑。只是,怎么看这些船都摆出一种眺望大海的姿势。在远方海的呼唤中,这是一群回忆大海的船,回忆中有多少惊心动魄的故事——日出日落的豪情万丈,潮来潮去的恣意汪洋,故事深刻在船大大小小的皱纹里。当一切结束,连朽木与废铁都被大海一一收揽、洗净,爱与恨,拥有与失去,甚至文字与碑刻,一切的一切,谁还会记得?

把心留给海。至于凡俗的皮囊,就随风去吧。

踏　雪

东北的雪，少有那种飘飘洒洒温情暖人的情调。雪花或是与北风结伴，一路吹嘘着呼啸着风风火火地来，或是大队的人马纠缠着，嚣嚷着，拉拉扯扯铺天盖地地下。雪一到，天地混沌一片，山河大地全都敛首低眉掩了魁伟或是蜿蜒的痕迹，让出足够的舞台。躲在温暖的室内，连窗玻璃仿佛也接到了命令，悄无声息地用水蒸气布阵，不知不觉中，已在急切盼望的眼眸和那个放纵倾情的世界之间卷起遮掩的珠帘。

下雪了。

拘囿在高楼上的心忽然被注入甘霖，蠢蠢欲动。作为东北人，冬天，如果十天半月不下雪，我们就全都变成了夏日里少雨缺水的庄稼，彻骨的旱情让血脉的流动日趋薄弱，对着灰霾里隐隐约约的那一点残雪，绝望的情绪总是一浪一浪地涌来，软软垂下的头像等待坠落的浆果。无雪的日子里，我们沉溺在枯寒之中，精神萎靡，日子和心灵一同干涸、破碎，裂成无数的龟纹。

几乎整个冬天，我们都在反复等待雪的来临，千呼万唤之后，雪就这样唱着战歌风雷万钧地来了，我们怎么可以去踏碎雪的世界？只能让激动的心敲响狂放的鼓点，像等待赴约的情人，怀着憧憬，轻拍着梦的羽翼，直到迎来新的黎明。

雪过天晴，碧空如洗，江山如画。空气那么清冽，像山泉从口鼻丝丝渗入，又在不知不觉中从脚跟流出，被荡涤过的肺腑说不出地清爽，四肢百骸都被注入无尽的活力。

大人和孩子都跑出户外，连久病的人也抑制不住心头流溢的喜悦，要搬个凳子到雪地里坐一坐。东北人踏雪，没有梅花可寻，没有人高擎着古老的罐子，扫雪烹茶。大家就是笑着、闹着，滚到雪里去。

雪没过脚面，没过脚脖，没过小腿，甚至没过膝盖，没过腰胁……有时它呻吟着，"嘤——嘤——"，有时它不急不缓地歌唱，"咯吱——咯吱——"。走在雪地里，总是忍不住要蹲下身去，捧起一捧雪来，清供在口鼻之前，深呼吸，一种通透沁人心脾，不由自主伸出舌头悄悄舔舐，雪无味，却怎么又甜到了心里？

尝过了味道，手也冰得有些麻木了，起身，或是稍一用力，揉成一个雪团追打同行的人，或是向上一抛，让雪轻舞飞扬，一任洁白的雪沫落在发上、衣上。

在雪野中奔跑，笨笨地摔倒在雪地上，这是一种陶醉，一种享受。雪在身体的四周竖起人形的矮墙，一不小心，便软软地散落下来。几乎要把人埋在时光的深处。雪地里摆一个"大"字形，看天空高远，阳光炫目，偶尔有麻雀呼朋引伴地飞过，岁月静好，时光驻足。

拽回飘荡的神思，打两个滚儿，在雪野中印一串朦胧的人形，爬起来，在后脑勺枕出的那一块圆形中画了鼻子眼睛，这空旷的雪野便为人拍出一张抽象派的艺术照。

伙伴们一个个全都开心地大笑，栖在树杈上，原本睡着的胆小的雪猝然惊醒，从树杈上摔下来，摔得七零八碎。微风轻拂，细小的雪沫在林间追逐戏耍，阳光下熠熠生辉。去摇动大树，把雪惊醒，让它们亲昵地扑倒在我们的身上，去团个雪团，去堆个雪人，去深深的雪里，揉碎它，捏疼它，重塑它……雪里，深藏着我们狂野的爱情。

电话的铃声再度响起，朋友抑制不住发自肺腑的兴奋，洪亮的声音驾着雪飞来：下雪了，一起去踏雪吧！

夏天，那些荒芜的记忆

从小，我就是个喜欢琢磨文字的孩子。尽管搞不懂奶奶时不时脱口而出的那些节气歌，但"至"的意思，我还是懂的。

"至"就是"到"，"夏至"就是夏天到了。

夏天到了，阳光热烈，空气像温暖的手掌，植物们撒着欢地疯长。大豆封了垄，玉米长成了青纱帐，黄瓜开花，花下面坠着一条带刺的小尾巴，没几天，花枯萎，小尾巴变成大黄瓜……植物的花果抚慰了我们的眼睛，犒赏着我们的馋嘴巴，充实了我们的胃。脱下补着厚厚补丁的破衣裳，一套廉价的背心短裤给我们带来尊严，我们终于过上衣食无忧的生活。

我是多么喜欢夏天啊，喜欢保证了温饱的夏天！整个夏天，我都在阳光下奔跑，这让我变成一个彻头彻尾的黑丫蛋，我就这样带着阳光的颜色走向我的青春岁月。后来，许多人因为我有一双惊恐的大眼睛和黝黑的肌肤，而问我来自哪个民族。

如果喜爱阳光的人可以算作一个民族的话，那么，我就是来自太阳族。一看见太阳我就忍不住，无论怎样酷热都要跑出去。

开始的时候是捕蝴蝶，捉蜻蜓。捕蝴蝶要呢喃着与蝴蝶交流："蝴蝶蝴蝶飞呀，后面有人追呀。蝴蝶蝴蝶落呀，你妈在草垛呀。"最容易捉到的是那种翅膀上画着黑色线条的白蝴蝶，它们是那样迷恋大葱的花朵。正午，阳光灿烂，白蝴蝶懒懒地栖在葱花上，薄翅微微震颤，醉眼迷离。我伸长胳膊，张开拇指和食指，像张开贪婪的嘴巴。白蝴蝶受了惊吓，突然飞起来，却放不下葱花的美味，不肯飞远些，只是从一朵花儿飞向另一朵花儿。

有时是夫妻结伴，有时是三五成群，白蝴蝶粘在葱花上，像陷入爱情的女子与葱花寸步不离。我毫不费力就捉了几只，捏着它们薄纸一样几近透明的翅，有时狠心做成标本，有时只是为了满足一下小小年纪里那种捕猎的欲望——抓住了蝴蝶，离开葱地后，手一松，蝴蝶得了大赦，惊喜之中一飞冲天。

去大河洗澡也是夏天的一大快事。男孩子几乎整个夏天都光着身子，光着脚丫，他们像泥鳅一样晒得又黑又亮，整天泡在水里，常常站在高高的土岗上往水里跳。我胆小，家人管得严，从不敢去深水处，也就不会游泳。看着热闹的伙伴们，我只能一次又一次走进没膝深的河水里把自己沾湿，然后坐在岸上，充满羡慕与向往，盯着男孩子们溅起的欢乐的水滴，盯着河水和沙滩。

除了野浴，还可以捉蝲蛄。蝲蛄长得英姿俊逸，像小龙虾，它们傻傻地把自己藏在较大的石片下面，悠闲自在地小憩。我们沿着清浅的河水逆流而上，以哗哗的水声为掩护，把手伸到水里，把小石片轻轻掀起来。蝲蛄一无所知，安安静静在做梦。仍然是伸出剪刀一样的拇指和食指，快速地捏住它的脊背，它便成了我们的囊中之物。

抓蝲蛄是一件让人着迷的事，我们一直蹚着河水向上走，盯着淙淙流水下那些大大小小的石片。倘若一条花泥鳅受了惊吓，飞速钻进石板内，那里的蝲蛄便得到危险信号，倒退着飞速逃开。

混水里是捉不到蝲蛄的，必须是清澈透明的地方，蝲蛄对环境的要求特别苛刻，这也是它今天几近绝种的重要原因。

直到夕阳西下，幽暗的河水里石块都变得朦胧起来，我们才直起身。拖着疲惫的步伐，阡陌之间，我们懒懒地回家。

记忆之中，连整天忙碌的长辈们也是喜欢夏天的。父亲的快乐在于他的庄稼，站在庄稼地里，父亲黧黑的脸上洒满阳光，笑容灿烂。母亲几乎每天都有衣服要洗。母亲端着洗衣盆，拿好捶衣棒，孩子们，还有家里的大黄狗跟在身后，一行迤逦地向河套走去。

到了河边，必定早有同村的妇女已扬着臂膀捶打着石板上的衣裳，照样是人欢狗叫。母亲找好了位置，衣裳胡乱倒在沙滩上，母亲不急于洗衣裳，先找个水深又僻静的地方把自己搓洗一番，把毛巾披在头上，搭在肩上，母亲开始洗衣服，我们便趴在水里嬉戏。有时，母亲会扛一张桌子出来，放到河水里，把要洗的毯子铺在桌子上让我们踩，小孩子们争相爬到桌子上踩，水花四溅，大家开心地大笑。

洗好的花被面晾在院子里，我们总是忍不住在其间跑来跑去捉迷藏，一张张满是汗渍的脏兮兮的脸，一双双喜欢玩泥巴的小黑手……游戏过后，雪白的被里印上各种印迹，母亲动了怒，巴掌扇过来，指头戳过来，吓得我们四处逃。

花儿静静地开，青蛙喃喃地唱，夏天多好啊，每一天都温暖，每一天都有花鸟虫鱼热情的陪伴，空气里酿着甜香，阳光把它的色彩细心地披在植物们的身上。我爱那些骄阳下的日子，爱着简单却热烈的生活，爱着那些毫无理由浪掷出去的好时光。

雪，没有想象中那样好

　　冬天来了，暴风雪侵入我们平凡宁静的生活。

　　正午，我躺在高高七楼温暖的床上假寐。起初，雪还是温雅的，像一群小天使成群结队地从天而降，不久就狂躁起来，有一些斜斜地飞过，狠命地撞到我的玻璃窗上，噼啪作响。我哪里还有睡意？惊恐地睁大眼睛向外望，天地间灰蒙蒙的，苍茫一片，老北风也吹响了号角，发出辗转曲折的号叫。这时，早已栖在对面楼顶上的从前的雪竟也死灰复燃，在风的裹胁下猖狂地旋转、呼啸，像风中舞着的帐幔。

　　不像羽毛那样轻灵，也没有六角形的花瓣。天地之间弥散的，是灰白的尘沙，扯天扯地，漫无边际，让人既看不到来路，也找不到归途。

　　如果真有世界末日的话，我想，就该是这样了：置身于苦寒与迷途之中，耳畔是永不停息的恐怖的咆哮——身体的苦刑，精神的折磨，既不能回首，也无法前行，就这样坠在时光的挂肉钩上，看生命一寸一寸凋零，一寸一寸死去……

　　雪还在阴霾冰冷的世界里狂舞蹀躞，不时用胜利者的姿态敲打着我的窗棂，尽管被子里仍然温暖，我却真的怕了，心胆俱寒。

楼下传来轰隆隆的巨响，像滚滚而过的闷雷。我屏息静听，才发觉那是清雪的车子正发出沉重的喘息。是了，这是小城人不断标榜并且引以为傲的国家级卫生县城，清雪工作从来都是"重中之重"，雪怎么可以在小城的街道上做长久的停留呢？

清雪车和盐都是雪可怕的衍生物，它们和雪一同出没。雪还在下，清雪车早已昂扬出动，从白天到黑夜，震耳欲聋；而暗黄的盐，我们很少看到它的本来面目，看到的更多的是它们的战场——雪一落到地面，就被盐溶化，与路上的尘埃混在一处，乌黑、稀软。车子飞驰而过，脏兮兮的雪泥冲天而起，四处飞溅。走路时不小心溅到鞋子上的雪泥的点子，因了盐的参与，总会让人很难处理。

被盐溶化着的雪，软塌塌的，清雪车会把它们送到河里、田里，我不知道这对于雪里的盐来说，是一种回归还是一种破坏。我的心里一直很痛，为这与雪一同到来的污染。

就像寒冷的风雪一样，对于盐，我不喜欢，可是也无能为力。

即使没有盐，最初的雪也会悄悄融化，变成冰铺在路的底层，此后的雪假装不知，一次又一次地设下陷阱。这个冬天我已经不止一次摔跤。毫无征兆的，忽然就摔倒在行人匆匆的路旁。

我再也不敢四平八稳地慢慢走路，再也不敢心猿意马边走路边胡思乱想。我踩着细碎的步子，低着头，努力避开雪藏起的那些恶意的玩笑，同时两只手尽力扎撒开来，以便于摔倒的那一瞬间能够"舍车保帅"，用一只手支撑起沉重的躯体，保护我那经不起摔的腰。

也许我与一株植物更为接近，我最喜欢的就是阳光，温暖的阳光。倘若与阳光失散得久了，我便会恹恹地生起病来——每年冬天，连续的阴霾与暴风雪的日子里我都会重重地感冒一次。

胡乱地吃些药，我像一只猫软软地蜷缩在床上，因为高烧，身体像个炽热的火炉，烤得被窝里异常干热。我在自己粗重的喘息中日夜昏睡，在亦梦亦醒中把日子过得朦朦胧胧稀里糊涂。

　　一些问候，一些呵护，这是另外一种阳光，我会因此而慢慢苏醒、痊愈。感冒通常要持续一周，这期间，病号饭是一定要吃的，我一直笃信，感冒时最好吃的东西就是白开水浸老式面包：热热的一碗白开水，没有任何刺激的味道，掰开一小块面包投进去，顷刻间面包就吸满了水分，饱满温润。塞到嘴里，淡淡的香，若有若无的甜，尤其是那种软绵绵和一无阻碍，最适合生病的羸弱的咽和肠胃——面包滑滑的，糯糯的，温顺地行进在食道中，和生命的柔弱合而为一，使得每一次吞咽都好像是最为缠绵、最为柔情的抚慰。

　　生病的时候，食物也是一种安慰，个中滋味不是味蕾可以体悟。

　　等到感冒结束，这一年最冷最为严酷的日子也便走到了尽头。漫长的囚禁，看似遥遥无期的流刑都将取消，四季的长终正是轮回的开始——雪已经老了，灰漉漉和尘埃杂糅在一处，因为阳光的烘烤，表面结了一层苍老的硬痂，就算北风擂响战鼓它们也起不来了！

　　天上少有雪花落下，偶尔有，也轻盈，也飘逸，让我几乎忘了它从前的肆虐，以为雪本就如此：清白、宁静、安逸，就像我一直想要的那份生活。

又是稻禾飞黄时

若青苗能以为鉴，

就请你择稻禾为彼此的信物：

请容我在寒冬为你把稀饭熬煮，

腾腾滚滚如蒸岚出自岫谷，

爱的滋味飘漾如稻浪起伏。

——题记

无论时光如何绵延，无论世事如何变迁，老百姓的日子，最大的祈愿就是"国泰民安、五谷丰登"。"五谷"之说早见于《论语》，包括"稻、黍、稷、麦、菽"。"稻"居于五谷之首，是人类生存的命脉。

正因为有了稻的存在，乡村才会挺起脊梁，才会显得那样英姿飒爽。风一阵接一阵来，像一些清清凉凉的水从稻的心上润过去，润过去……稻把想说的话语轻轻地说给风听；稻把梦中的细节悄悄地与云交流。风吹动了水稻的结构，吹开了水稻的情窦，它们开始快乐地成长，热切地恋爱……我一路踏着水稻的青春，在水稻的目光里缓缓行走——那时节还是盛夏，沉浸在盎然的绿意中，感受着生命的蓬勃与饱满，心情无端地激动起来。也许，我的前生就是一种植物，比如稻草，曾以站立的姿势酣畅淋漓地体悟生命的快乐与单纯。

"千里稻花应秀色，五更梧桐更佳音。"它们漫天遍野地孕穗、灌浆、成熟，每一个步骤都轰轰烈烈，就这样一路走来，走到金色的秋天。此时，又到水稻黄熟的时节，我忍不住走出门去，走到稻子中间，就像走向我前生的姐妹之中，与稻，与山风耳鬓厮磨——山像个不会打扮的村姑，把一张脸画得五彩斑斓，这个恨嫁的老女人，把自己的大花脸投射到水里，让一江秋水来给她做征婚的广告。而江水却格外澄净透彻，全不把山的急迫放在眼里，就那样仰望着蓝天白云，喧哗着一路向前奔去……田里，乡路上，外出打工的人都回来了，女人们面色红润，与一别半年的男人亲亲热热地一起下田，人们的脸上满溢丰收的喜悦。

"稻香秋熟暮秋天，阡陌纵横万亩连"，人们穿梭在稻田里，镰刀刷刷地割，没有大型机器的参与，似乎还有刀耕火种的味道，不过抚摸稻秆稻穗，那一份温暖和亲切是机器收割无法代替的。偶尔起身，直直腰，擦一擦额头的汗，看成捆的稻码成金黄的垛，心也便踏实了，有了依托了。不错，稻子以自己的倒下为人类的站立奠基。稻子骨肉分离，被分割成稻茬、稻草和稻谷。稻谷脱胎换骨变成一种被称作米的物质，空气一般滋养着人类和人类源远流长的历史。一粒米置于手掌上，无论凸立于哪一条纹路，都可以温暖我。一粒米是稻子献给人类的庇荫；一粒米是一种温暖的光泽；一粒米营养着人类的肉身和灵魂。

收割后的稻田，会变成无边的阔野，那些残留着的稻桩，就像男人新剃后刚长出的胡须，等待新一场轮回。大片大片的稻茬静静地躺在大地的河床上做梦。齐刷刷的稻梗直挺挺地站立，被秋天捧在手里，在村前村后向最远的地方延伸。

"喜看稻菽千重浪，遍地英雄下夕烟。"乡村的稻田，由碧绿到金黄，周而复始地生长在这片土地上，它哺育了村庄，保证了生命的存在和延续。稻田就是乡村最美的风景，打工的人，有时就是因为触动了记忆里藏着诸多乐趣的稻田所以想家，也难怪，一年之中倒有半年时间，村民眼里看到的都是稻田呢！

稻子由光秃秃而绿油油而金灿灿，这是所有生命沿袭的轨迹，人类也不例外。稻子的使命并非在于其生长的过程中装扮自然，而在于滋养生命的新生。这一种死亡与新生的转换，数千年来不可或缺。缘此，稻子才叫稻子，一叫千百年。

我走在稻田之间，火红的衣衫猎猎起舞，曾经，我痛恨稻子，是它让我的童年和少年充满艰辛：才十几岁时，我就和大人一起插秧、薅草。稻田里，我被蚂蟥叮过，被丑丑的毒虫咬过，甚至还把水蛇抓在了手里，吓得三魂走了一魂。矮矮细细的稻啊，每一次对它的服侍，都让我首尾相扣，腰弯得像龙虾，多少次，在割稻时我割破了手指，尖锐的稻叶划得我的手臂全是伤痕。为了种稻割稻，青春时期的我硬是晒成了粗犷的黑妞，直到今日，无论我怎样打扮，都会隐隐透出农妇的气质。稻，你改变了我一生的走向。

其实，一个人又何尝不是一株稻呢？细嫩、蓬勃、风华正茂、开花结果、干枯、老朽……其实干枯和老朽不是一种悲凉，而是生命沉淀的芬芳，这样看来，能做一株稻，这一世也就不算白活了。

慢生活，旧时光

在村子的最西边，我的校园毗邻一片碧绿的稻田，夏日雨后，杨树塘子里会捉到泥鳅，教室里会跳出青蛙。我的办公室与学生教室隔着一片不大的操场，雨季，我们总是踩着砖头、石块以及木板跳过操场上的积水去上课。等到雪天，调皮的学生故意在厚厚的积雪中扫出弯曲的小路来，铃声响起，老师沿着不同的小路冲向不同的教室，恍惚中有一种穿梭于战壕之中的感觉。

学校里，每年都有学生毕业，每年都会迎来崭新的面孔。来不及到镜中端详自己的容颜，学生像流水打眼前一拨一拨地走过——若干年后，教室益发破旧，操场仍然坎坷，好在国家开始加大投入，在另一块风水宝地，崭新的教学楼拔地而起，成为村庄最亮丽的风景。

带着孩子们搬进新校舍，还没住上半年，工作忽然有了调动，我离开乡村，来到小城。

新的工作单位在一栋老楼里，陌生的文秘工作让我在忙乱中转眼间就丢掉了一年多的日子。等我醒过神来，老楼已经寿终正寝——老楼背后，十五层办公楼背倚青山，巍然屹立。

选了吉日，大家纷纷搬入新楼，人去楼空之后，只一个双休日，老楼就被扳倒，变成了一所堆栈，一周之后便被夷为平地。下班时从那里经过，连我自己都不敢相信，脚下曾经是一座楼，大家曾上上下下，在那里忙忙碌碌，处理问题或是做出决策。

新办公楼没住多久，我再度离开，去新单位做内刊编辑。这一次的办公楼更是旧得离谱，它深藏在小城的边缘。为求近路，要穿过一条尘土飞扬的便道，再穿过一道乌漆抹黑的棚子，爬上四十五度角的陡坡，陡坡的三分之二处，敞开的铁皮门展开一方黑洞，那就是我们的楼道。

通常，来我们单位的人总是绕来绕去却找不到门在何处——把门设在这么险要的地方，当然不是常人的思维。

晴天还好，年老的同事虽有些吃力，却也能弓着身子攀上来，跨过高高的门槛，"咚"的一下重重地落在门槛内悬空铺着木板的玄关（这里是二楼，一楼另有门户）。

雪天可就惨了，我清楚地记得，那年冬天大雪，有九人曾在门前漂亮地滑倒：有的摔破了衣服、手掌，有人扭了脚，扭了腰。

为了上下方便，打更的师傅每天都要向这里撒上一些炉灰，撒得薄了，仍然滑，撒得厚了，灰便四处飞——尘埃飞扬之处便是我们必经的安全之路，等小心翼翼地抓住了门把手，才可以喘一口气，站在那里一夫当关万夫莫开。

守着旧屋，也许这就是我的宿命：和那些陈旧老朽的建筑一起，留守在旧时光里，日子艰难，阳光黯淡。远离光环，远离奢华，远离时尚与喧嚣，文字也就安然，也就不嘈杂，不热闹……每一个都很本色，承载着生命的质感。

旧楼里的人，看似淡漠却有很多难忘的回忆；旧楼里的日子，光阴走得不急——有时它好奇得像个孩子，攀着木窗棂向屋子里窥视；有时它像个戏子，在墙与窗之间徘徊，轻拖着水袖，唱凄迷的悲歌；有时它又淅淅沥沥在落泪，像年老的祖母；还有时，它会一派豪奢，浪掷了满天雪白的花朵，把时尚与落后，陈旧与新潮一起掩埋，混淆了往日那些清晰的界限……

嘲笑与欣羡，践踏与尊崇，推翻与重建……在蛛网纵横的旧时光里，仿佛全无意义。

我想，我的心，就是这"旧"的栖息地。

好在土地不怕陈旧，愈陈旧只会益发厚重。旧楼里虽没有一方土地，只怕积淀的尘埃也可以凝聚成半亩薄田了吧？就把理想的花儿种在这尘埃里吧——艰难自是一种磨砺，被遗忘恰恰是最为全心全意的保护。

只是，单位搬家的消息又来了，新的大楼在河畔，许多人早已殷殷盼望，而我一直忐忑不安：搬了新家，我的工作是不是还会有新的去向？忽然想起刚刚参加工作时坐在一起的老友，三十多年了，她的人生和那个学校血肉相连。我真想回到那所老学校，和她一起，备课上课，闲暇时讲一讲大兰小菊，讲一讲曾经的绝代风华，一起淡淡地怀旧，沐浴细碎美好的慢时光。

走在乡间的小路上

搬入新居以后，与一位相识多年的好友成了邻居，于是相约晚饭后一起去散步。

每到黄昏，电话如期唱响，随意搭一件衣服便可下楼。绕过小区是长长的江堤，我们就在江堤上会合，向南或是向北，一路走下去。

江堤向北，尽头是叫作赤柏的小山村，村边有一片白桦林，树干和小孩子的手腕差不多粗细，长得英姿挺拔，惹人怜爱。一到那里，空气中便弥漫着浓郁的山的体味，想把这气味带回家中，于是我一一去嗅树叶和青草，可惜吸进鼻孔的只有无辜又无味的清爽的空气，山的味道是从哪里传出来的，那么浓郁，那么热闹地挤满了我的心肺？我一直找不到出处。

农家小院里偶尔会有狗的吠叫，胆小的朋友便停下来，等待着一只黄狗扑出来。她说小时候也是到这样的乡下，一只黄狗曾把前爪搭到她的肩上，吓得她心胆俱裂，因此每每听到狗叫，就以为小时候的恐惧还会重演。不过二十几年前的黄狗早已绝了种，迎面跑来的是一只板凳样的小小的宠物狗，这小家伙叫声洪亮，见了，反倒让人心生怜爱。

静静的小院里一些农家小菜在快乐地生长，我一直对它们没有被农药化肥污染的纯净垂涎三尺，看也看不够。一大片玉米苗斜铺在门前的矮山上，长得细小伶仃，让人担心今年的收成。高大的农人猫着腰从田垄间走过，用一根长棍敲碎压在玉米头上的土坷垃，把躬着背的孱弱小苗扶出地面。

玉米地的尽头，青蛙正在地边的水塘里开音乐会，"蜃气为楼阁，蛙声作管弦"。正听得入迷，忽然有小商贩开了农用车，扯着嗓门用乡村俚语一路喊过来，这时连青蛙也噤了声，似乎要揣测小贩的叫卖是否货真价实。

浓浓的炊烟从烟囱里爬出来，在民房上悠然地游逛，像是要寻找一点乐子……站在玉米地尽头陂陀的斜径中，看着这样温馨宁静的乡村，心也暖软、静寂。

朋友说她曾经读过野史，有人考证出这里是汉武帝时的幽州，属玄菟郡上殷台县，后来唐灭当时东北亚最强的国家——高句丽，于辽东故地及高句丽旧壤设安东都护府，这里的"高丽城子"遗址就是当年声名显赫的哥勿城。

在农人的引领下，我们终于看到了风剥雨蚀后的一小段用夯实的土垛起的所谓的城墙，那么无力地倚着农家的篱笆。所谓"高丽城子"城墙遗址，不过是一抔散落的土而已，没有秦皇汉武的痕迹，看不到大唐盛世的繁华，只有翠绿的植物生机勃勃地藏起了所有的往事和曾经惊心动魄的故事。

农妇蹲在土墙下侍弄小菜，春韭、葱、嫩嫩的小白菜、菠菜，这就是哥勿城今日的子民！大山又迎来了一年一度的青春期，白桦昂扬，青草茂盛，烽烟和战火早已烟消云散，历史像土一样散落，又被土掩埋。

"古人不见今时月，今月曾经照古人。"在时间的瀚海中，我们就像一个小小的裂纹，蹀躞在起点到终点这短短的线段之间。前不见古人，后不见来者。

但愿我能永远怀着宁静的心情，像徜徉乡间小路一样，走我的人生之旅。

我的烟火小城

　　春有百花秋有月，夏有凉风冬有雪，在四季的轮回里迎送日月。我住的小城有多美，我不知道。

　　冬天，小城忽然多了些生面孔，带着热切探寻的表情，马不停蹄地在小城四周穿梭，洒落一地异乡的口音。他们的笑声那么响亮，兴奋与满足溢于言表，姹紫嫣红的羽绒衣让小城也绚烂起来。悄悄问，原来这些外地人是慕名来小城赏雪玩雪的。

　　夏天，蝲蛄河畔不知何时多了些软语呢哝、粉面桃腮的江南丽人，享受着云淡风轻，留恋于山水之间——朋友告诉我说，她们是来避暑的。

　　各种形象、各种肤色的外国人也来了，有的是来品酒的，有的是来观田园赏稻禾的，有的不为别的，就为呼吸一口这里的新鲜空气……

　　他们像得了宝贝似的在小城里逡巡，恋恋不肯离去。

　　才发现，我们不曾在意的烟火家园竟然是别人的山水田园，是别人的诗和远方！回眸，看一看我的小城，天是手染的青布，那是我的屋瓦，树是长卷的丹青，那是我院中的篱笆，和谐宁静，祥和温馨，宜居宜养。真想像风儿攀上小城的上空，俯视那被熟悉的印象遮盖了的容颜。

该爬上大茂山吧，每年的秋季，当外地的朋友邀约去看枫叶的时候，我都不为所动，因为大茂山早已为我准备好枫的焰火——在陡峭的山崖下，枫树一如猎猎的旗帜在秋天的幕布上招展，枫叶把山间的小路都灼烧得红了。坐在枫树下，听树叶飒飒作响，闲翻一页书，或是就那么漫无目的地坐着，阳光透过叶隙抚弄我的发丝，也促狭地晃我的眼睛。我看见了时光的影子，也像个看风景的人一样，迤逦而行，在对面老柞嶙峋的枝干间，在御风而行的小舟一样翩翩辞柯的柞树叶间穿行。秋的艳阳在与我的静守中慢慢踱下山去，鎏云精雕细琢，天空被夕阳泼了釉彩，微凉的风，曼舞的草，细小温柔的虫唱，都一一在我的心上钤印，天赐清欢，哪里还容得下焦灼与烦恼，薄恨与浅愁？

或者，就到蝲蛄河畔走走，埋在沙砾和草丛里的石条顺着河道铺垫成错落的小路，就像蜿蜒曲折的诗行。跳着脚行走在石条间，恍然回到鲜衣怒马少年时。河西，高大的树携手成排，它们常常举眉搔首，扭动腰肢用河水照镜子，有时夕阳也会探出头来，调皮的河水就把它们搅和在一起，画成一幅斑驳淋漓的多彩油画。东岸的花草争奇斗艳，高树与低树芬芳错落，每一个角落都匠心独具，每一级阶砌都风雅精致。等到夜幕降临，还可以迷失在音乐喷泉与水幕电影光怪陆离的童话世界里，让梦也璀璨缤纷。

几乎每一天都会经过团结广场。这是小城人气最旺的地方，老人在散步，孩子在游戏，广场舞、太极拳让这里的晨昏人声鼎沸，行走在人海中，感觉生活的小确幸、小欢喜，不知不觉中嘴角上扬，心花怒放。身边，迎春花开了，之后是杏花，是蔷薇，是芍药，是美人蕉，是菊花……直至雪花把寒冷抱在怀中。花开是惊喜，花落之后，青涩的果实是另外一种惊喜，每一天，走在团结广场的我都会有新的发现——植物恰是这小城中默默无闻的一员，它们吐故纳新，与我们水乳交融。

城西那一方山野平台就是汉代的上殷台县治所之一，我们称之为赤柏松古城。我常常怀着好奇去查勘，依稀看得见台地断崖处颓圮的土墙，无力地倚着农家的篱笆。当年的府衙宅院早已夷为平地，肥沃的土地上庄稼长势喜人，睥睨四方，把秦砖汉瓦踩在脚下。朋友曾经在这里找到刻着花纹的陶片和瓦当，我们从这零星记录中窥探着秦皇汉武时的繁华，又偷偷拿现在的生活与之相比较，为自己生于繁华盛世而骄傲。洞穴、烽燧、古城、墓葬……时光在往日的风云里策马而过，小城把历史深埋在记忆中，让翠绿的植物藏起所有的过往和曾经惊心动魄的故事。

这是风光旖旎的小城，也是有文化底蕴的小城。有两江八河作为血脉的小城，有起伏连山作为筋骨的小城，有万亩稻田的丰饶的小城，有长满香蒲与芦苇的湿地的小城，有国家森林公园的小城，有满族剪纸和松花奇石的小城，有贡米贡鱼的小城……卫生城，文明城，园林城……这里，每一棵树都讲义气，每一株庄稼都重感情，每一颗温润的石子，都会传承历久弥新的不朽歌谣。

这是我活色生香的烟火小城，她不拥挤，不浮华，不虚张声势。她安谧静雅，也不缺乏热闹与笑声。她备受青睐，引人注目，充满了生命的激情。是的，一座小城的美，源于她勃勃的生机，她阳光四溢的生命力；源于她总有母亲一样的温暖，家一样的温馨。一座小城，少不了炊烟袅袅，少不了爱的暖流在看不见的时空中蜜糖一样氤氲。

恍然大悟，原来我是草原里的蚱蜢、花蕊里的蜜蜂，在小城的檐下，赏花问草，一粥一饭，在烟火红尘中，在天光云霭里，享受着人间的简静与清美。

水墨画里的冬天

与画家朋友一起参加一个活动。画家打开卷轴，摇曳生姿的牡丹让我心生艳羡，战战兢兢央画家收我为徒，我的苦衷是色弱，无法铺陈颜色的过渡，画家却道无妨，说我可以画水墨，"墨块和宣纸的交叠，足以写意出中国画之神韵"。

用墨块表现画意，这种画，岂不是很单调？我将信将疑。

雪中去一家叫作白车轴的户外露营地踏雪，让我领悟了水墨之美。

许是老天怜我有一颗学画的心吧，出发的时候，天空就飘着细小的雪花，回首，我住的小城被洇染得渐渐淡了、远了，逶迤的、朦胧的山和着了或淡或浓的墨的树次第扑入眼帘。入冬以来一场又一场的雪铺就一张古旧的宣纸，有的地方皱皱的，铺展在波澜起伏的天地间。人世间，心中有画的万物都可以大笔挥毫：树在纸上画妖娆，山在纸上画崚嶒，路在纸上画远方，鸦在纸上画音符……连我们疾驰的车子，也任性地在纸上泼了一路豪情。

从小县城出发，近两个小时的行程，我们深入到长白山山脉老岭腹地——白车轴露营地。宽敞的平台因一片白茫茫让人看不出面积大小，一座高大的雪人就是这里最帅的门童，它披雪擎风，好脾气地守在停车场旁，笑迎八方来客。雪人背后，小山上挂了一川冰瀑，无色又似有色，无形还像有形——雪似乎更大了，懒洋洋、沉甸甸，挂在我的发丝上，眼睫上，透过迷离的雪四处张望，不想脚下一滑，原来已踏上一条小河光滑的肚皮，厚厚的松软的雪把一切都裹进自己的怀里，雪里藏乾坤。

大片大片的雪花不停地落下来，簌簌有声。白茫茫的大地上，墨色益发错落有致。一帧水墨画，画卷在徐徐打开，正如画家所说，是一团墨牵手另一团墨，是墨与水、墨与宣纸的风云际会——山川树木用老墨枯笔在皴擦，让画面厚重又充满了质感；天公蘸了雪花来点染，让画面刚柔相济，浓淡相宜而又瞬息万变。都说东北的风光是看不够的白山黑水，其实山不全白水不全黑，山水恰到好处，隐约在水墨之间。东北的冬天不是狂野的西北风，不是彪悍的冒烟雪，东北，就是一幅水墨的写意画，有时温情细腻，宁静安详，有时酣畅淋漓，快意人生。

坐在雪地上，用手轻轻拨开积雪，河面上的冰晶莹剔透，冰层下水流淙淙，游鱼历历在目，我们踩着冰走来走去，蹦跳也好，滑倒也罢，都不会惊扰了鱼的安详，在被封印的另一个世界里，在季节之外，鱼儿自由自在地游弋，优哉游哉地生活。

有雪覆盖的冰面格外滑，胆小的人不敢在冰上行走，好在向左有一座木板搭成的吊桥，安全、稳固。桥边大树上挂着红灯笼，吊桥两侧也挂了红灯笼，水墨之间点点殷红，恰是一幅水墨丹青画上的钤印，树上那一枚，该是名号章吧，桥上那些，就全当引首章——有了这些印章，沉睡的山水也就得了趣。

揣着一颗跃动的心过了小桥，牛爬犁、苞米架子、山上人家……错落在交叉的山路上。曲折辗转的斜坡就是最好的滑道，滑道下面，露营地准备了许多滑雪圈。搁置已久的童心不知道从哪里一下子钻出来，大家纷纷取了滑雪圈向山上走去，走到山顶，坐好，一任自己顺着滑道飞速冲下来，就像小时候，放冰车子，打趾溜滑一样。

画风转变，没想到雪的怀里还藏着我们童年缤纷艳丽的蜡笔画。这是一个舒适安闲的冬天，太多太多的人争相跑出来，像一群顽皮的孩子，堆雪人、打雪仗、抽冰嘎、骨碌冰……雪用一身素白把东北人的童年点染得缤纷灿烂，似乎所有的童年记忆都凝固在雪里——所有的欢笑，所有的悲喜。

而我，是那个喜爱红衣的女子，是这水墨江山里一颗火红跳荡的心，就像一枚小小的印章，把自己定格在这自然的水墨画里。

水墨画里度寒冬——只要心中有诗意，白山黑水也关情。

吹一吹乡村的风

由于本能的好奇心驱使，我们总觉得风景在他乡，总向往异地的风光与情调，总想去脚步难以抵达的地方，似乎走得越远，人生也便越圆满。

只是，那些久负盛名、人满为患的繁华之地像不断整容的标准化美女，靠近的人除了跟着攒动的人头随波逐流，已经很难看到风景本身，很难找到那种怦然心动的感觉了。反倒是在我们身边，在不被人注意的大山深处，活着的风景还在从容淡定自由自在地呼吸。

农历三月三，春天还羞答答犹抱琵琶半遮面，几位好友按捺不住，我们相约走进深山，走进乡村，去吹一吹田野的风，听一听乡村的鸡犬之声。

车子依山傍水而行，路过虎马岭，远眺梨树沟，越过新开村……我们不时驻足观望，大家谈笑风生，沉睡了一个冬天的郁郁之心渐渐苏醒。

江沿墓群、土珠子、龙头碴子，流淌了数百年的古井……不刻意、不造作，粗犷、本色，因为少有人雕凿，尽显大自然的鬼斧神工。这些自由生活的风景让人心生敬畏，不敢大声喧哗，怕凡俗的声音吵了它们来自灵魂深处的宁静与安详。

在繁荣村拜望了那株古榆，小憩片刻，我们便向龙胜村进发。道路狭窄，左边，山势嶙峋，高树与灌木错综交杂，粗豪与婉约携手并肩；右侧，一江春水波光粼粼，被无数虬髯飞扬的树抱在怀中，有无尽的温存冶艳。

道路起起伏伏，弯弯绕绕，这是我喜欢的山路：九曲十八弯，步步有风景。向右看有几株老树在临水照花——花当然还没有踪影，望着水中粗憨的枝影，它们或许在窃窃私语，在回忆陈年旧事吧？向左看山石裸露，黄土斑驳，植物们依着山势恣意生长，充满了生命的张力。

一江水，缠缠绵绵抱着山；一脉岭，俯身低回就着水——就那么一路峰回路转，我们嬉闹着，一直到只有几十户人家的江家大院。

村民们开着农用车走在前头，车上装载着巨大的树苗，竟然就是海棠。路边已经栽了樱桃树，还有梨树、李树、山楂树。陪同我们的乡干部说，他们正在全力扶持村民栽种果树，要让乡村重回瓜果飘香的岁月。

有海棠花开，有梨花弄蕊，有樱桃花和李花缤纷整个春天……鸟语花香时，植物们打开体内的香囊，轻轻揉弄我们被污染的肺叶，这一番足以滋养心灵的美景想想已是让人醉了，不觉雀跃起来，和他们相约花开时节再聚。

走进村落，红砖碧瓦的民居，水村山郭，宁静而安详。好想在这里置一上房，置几亩田，在这天地一隅静下心来认真做农妇。春天里耙细土地，种一畦玉米，再种上各种菜蔬，它们会伴随我的流年，穿过我的胃去滋养我日益贫瘠的内心。

柴门边上要种上海棠，院子里要栽几棵梨树，还有杏树、李树和樱桃树——乡村的花果一样都不能少，树下种上秉性不一的花花草草。春来花开如火如荼，秋来硕果金黄红艳，我要在这些花草中逡巡，在树下走来走去，把阳光明媚的日子全都浪掷在听山风轻吟听碧水轻唱之中。

还要养几只鸡，让它们山上山下随便疯跑；养一群鹅，看它们拖着肥硕的屁股扭扭搭搭从夕阳中蹒跚着走回来。猫和狗是一定要带在身边的，闲时，听猫"喵呜——喵呜——"分配任务，听狗"汪汪——汪汪——"汇报成绩，另有蜂飞蝶闹，鸟鸣虫唱，桨声蛙鼓……晨有露珠为饰，暮有彩霞为裳——我要过足这传说中神仙的生活。

好久之后才从这美梦中醒来，朋友们打击我说，喜欢这种生活的人可绝不止我一个，如今这里已是寸土寸金——既不可过分开发毁了天然情趣，又不能怠慢了慕名而来的客人们，只能利用现有资源扶持土生土长的农家院，让来到这里的人们不但可以享受安谧静柔的光阴，还可以吃到清淡素雅的民间美食。

农家院临水而居，面朝那一池春水远比面朝大海更接近质朴的生活，更富有诗意。小院里，春韭在微风中轻摇，草莓刚刚吐出几片叶子。院子的尽头，两只小船系在岸边，我飞奔上船，朋友们紧紧看住我，怕我解下缆绳，把小船摇向江心。

烟波浩渺，细柳如烟，生命多像一江水，铺洒、奔流——向不可知的前方，向不可知的未来。

乡村多么美，我想化为一池春水，与你融为一体。

第二辑

在案板上旅行

我一直是个受命运青睐的人

遇见从前工作过的那所学校的老师，我的一位旧同事。闲聊几句，她不断拍打我的胳膊，说我命好，是个幸运的人。

"有人千方百计想要离开学校，但无论如何跳不出这个门，只能徘徊着将就一辈子，你却说走就走；别人调工作千难万难，你却举重若轻；别人整天忙得不亦乐乎，到头来也没忙出什么名堂，你却能写文章、写书，赢得无数赞誉……"在同事的眼里，我的好运几乎让人嫉妒。

我该怎样和她解释呢？我只能附和说，不错，我一直是个受命运青睐的人。

在学校工作时，我是大家公认最为"缺心眼"的人，同事之所以酸溜溜地说我命好，大概也是觉得我这么傻的人能走到今天这一步纯属撞大运。我整天只知道埋头苦干，心思全放在学生身上，不会看领导的脸色，更不懂得谄媚、亲近上级部门那些与自己命运息息相关的教研员。还记得刚刚参加工作不久，有一位教研员听过我的课后说我"是块料"，暗示说只要经他们点拨指导必然会在短时间内有所成就。我听不懂这话里的玄机，老老实实地等着，这一等，就是十年，当别的老师在教研员的指导下出去参评并得到表彰奖励后，我明白我是彻底"没戏了"，更不能奢望鲜花、掌声、评先进、晋职称了。看透了这一点，心凉了，从此只读书写字好好教学生，坦然做那个被忽视的人。

好在勤奋终会有收获。那些年，我跟学生一起写日记，一起写作文，一起读书，学生成长起来了，我的文笔也越来越好，机会就是这时候降临到了我的头上——局机关缺个写材料的，我从学校被借调出来。

稀里糊涂进了办公室，与办公室精英们一起工作，我的笨拙更是显露无遗：我搞不懂各级领导的关系，不清楚同事们与外界千丝万缕的联系。因为不知道哪些该我做，哪些不该我做，就从来不会推卸。我是个"死心眼"，是个很听话的人，取文件，下乡调研，谁让我写材料都可以，谁让我写都极其认真，是个可利用之人。由于人笨，文笔好，用着放心，办公室前女秘书离开时，主任有意留下我，无奈女秘书坚决反对由我来接任她的工作，极力推荐另一位"接班人"。我原本也不是个能抢的人，并没有取而代之的意思，接班人却不放过我，为了巩固自己的位置，竟然利用手中职务更改了我下乡检查时的评比分数。

拜这两位能人所赐，我去了一个无关紧要的小单位。工作不忙，加上文笔不错，一些人慕名找我帮忙干活，我不设防，拿谁都当朋友，因此谁的活也不好意思拒绝，从修改文章，写材料，到编辑书稿，做内刊……我老老实实把朋友们给我的活做好，从来没计较过什么。

这期间，最让我无法释怀的就是我的工作关系一直在原来的学校。人事调动是个敏感的话题，像我这样不会主动"做工作"，只知道等上级安排的人，想得到一个水到渠成的答复简直就是痴人说梦。

幸运的是在一位曾经让我帮忙写东西的朋友的努力下，我拿到了调令，在小城扎下了根，悬了十年的工作调动的难题也解决了。

晋了一级工资，又换了一个更让人羡慕的岗位，而且，我还用业余时间发表了数百万字的文稿，这些，就是旧同事最羡慕的地方。

一路走来，工作中遇见的这些好运气，都是那些给我设置路障的人给的——当初在学校时，如果教研员待我公平些，不冷眼看我，我可能就不会因为苦闷和不自信拼命读书写字，就不会有机会调入上级单位。如果办公室那两位秘书不使手腕排挤掉我，我就没时间和心境阅读与写作，更无法认识那么多热爱生活的正直的好朋友……感谢那些给我设置路障的人，正是因为遇见他们，生活才变得七彩纷呈曲折有趣，日子才生动活泼可触可感。

每一个路障都是人生的转机，转身，就会看到别样的风景。

月色多么好

　　起初是因为身体的诸多不适，我们不得不在每个清明的晚上出去走走。

　　起初是选择道路的，很怕那些来来去去拥挤的人，怕遇见熟人，暴露了我们的闲散与弱势。

　　起初，我们没走多远就会返回，心没有放下，脚又酸又痛。

　　走得时间久了，放松得久了，也就淡了、洒脱了、自在了。

　　那晚，干脆连三百度的近视镜也放到家里，蒙眬着一双重度变形的近视眼就混到了江堤上，混到了散步的人群中。为了避免那份急于认出别人的心思，耳朵里还塞了耳机，索性沉溺在音乐之中。

　　音乐是《六字真言颂》，听着虔诚与绵软的皈依之歌，人也就变成了一缕香魂，在江边飘荡。江水泛起烟波，对岸的柳树笼起绿烟，美得如同杏花春雨的江南，让人心生梦想。杨树和槐树的线条也变得虚幻起来，显得温存而又软弱，就算拼命眯细眼眸来汇聚光线，也无法把一枚叶子从树身分离出来，这景致也就在眼前和心里浑然一体了。

　　一团又一团，高低起伏、错落有致的绿烟据守在江堤上，行人的脚踏在暗灰的堤路上，抬起时那样从容，落下时如此踏实，各式各样行走的脚全都迷离在水雾之中，闲散、平淡，就像时光。

渐行渐远，夜色亦转浓，双头的路灯给行人画出两三个影子来，前前后后，左左右右，有时短有时长，交错出缤纷多彩的幻象，一如梦。

"景泰蓝的天空"，这是何其芳先生的句子吧，那是秋海棠的天空。透过渐渐变得幽暗的绿的树团，是黑与蓝洇染的天幕，每次抬头仰望，我都会心生冥想，希望可以与先生的景泰蓝对视。只是，一直未见。不见就不见吧，这一方洇染的蓝的天空倒很像一条古旧的麻裙，透着岁月的沧桑与深邃。

月儿没有变成透亮的银盘，只有一抹，懒懒的像个闲散的人。此时想起"眉月"二字，不觉偷笑了：近视的人看到的月儿太过模糊，倒很像一条线条不清晰的毛毛虫，倘若这虫儿爬上美人的额头那岂不是糟糕？月儿也太闲适太淡定了，与天空没有什么明显的界限，似乎也洇湿了，就要融化在那一抹麻裙样的灰蓝之中。偶尔，会有一种甜睡之中的悸动。

也许这样模糊着的还有我自己吧——朦胧在别人的眼中。白日里清晰的忙乱生活除了带来身体的疲惫之外，并不能满足日益增长的表现欲，虚浮和炫耀几乎成了活着的唯一证明。可是，没有一种富贵和权力，会成为梦想的终点。

拒绝应酬，不再赶场，可以优哉游哉地去看树看天看月光，这是一件多么奢侈隆重的事情。

"何谓清虚？终日如愚。有诗慵吟，句外肠枯；有琴慵弹，弦外韵孤；有酒慵饮，醉外江湖；有棋慵弈，意外干戈。"就做一名慵懒的愚人吧，在尘世的喧嚣中，总有一分静谧相伴，有一分安宁相随。这一生，到底有多少清明的月夜被我们忽略？月色多么好！其实，每个人都有足够的时间，可以心无旁骛地让自己迷失在美丽的月光中。

走向秋的深处

这一年，我总是插了耳机，伴着那些缠绵的老歌于黄昏去河堤散步。熙熙攘攘的行人自有一份喧嚣与热闹，我却充耳不闻，只有植物们的细微变化会牵扯我心，从春到夏，我看着它们由鹅黄到翠绿；由第一朵花试探着悄绽，到刹那间满树芳华；由残红褪却青杏小，到黄熟之果落尘埃……热闹繁华的日子不知不觉远了，长风起兮，万物凋零，"秋花惨淡秋草黄"，林黛玉的秋天凄凄惨惨地来了。

凛冽的冷，吮肌噬骨，我抱着臂膀漫无目的地行走，散步的人越来越少，江堤上冷冷清清。霓虹深处，自有觥筹交错，有歌声有笑语，有骰子在激情转动，那是与我无关的闹市。清寂的心总想与风对话，与草对话，与圆了又缺、缺了又圆却与我不离不弃的月儿对话。

长堤两旁，茇茇草的叶子早已褪去了生机勃勃的翠绿，窄窄的一条苍黄被虫蚁们啃噬得布满了小洞，破败中罩着灰白的尘烟。那些原本水润的茶壶嘴一样的花儿如今也枯了、朽了，伶仃的几朵，轻飘飘地挂在枝上，夜风一吹便抖个不停，像苍颜白发、垂暮之年的老妇，全没有一丝生命的粉紫和红艳。连梭形的果实也少见了——这些茇茇草的后代大概已建好了自己的家园，并且藏身其中，只待熬过漫长的冬季，在春天，把自己粲然打开。

老去的芨芨草只剩下一茎光秃秃的瘦影，却还要在秋风里继续把自己熬细、熬干，直至蒸发出生命最后一滴水，然后在一把火里壮烈地化为烟尘。

忘忧草曾经多么喧闹！每个夜晚都曾为我举起星光一样的灯盏，照亮我黯然迷惘的心绪，如今也只剩了岑寂与虚无。那些金黄的形同百合的花朵早已零落成泥，曾经举着花朵的老茎也枯黄干瘦，变成了风干的草秸，怕只怕一根火柴就会让它们兴奋地燃烧成一片火海吧？

连三叶草也瑟缩着，小小的叶片泛着无奈的苍白，却举着毛球一样硕大的白花，像是对着秋天举起罢战的旗帜。

木绣球总是稀里糊涂地把秋天当作天堂，它们在秋风里醒来，成百上千的小花挨挨挤挤地，嬉闹着一起跑出来，簇拥成大大的圆球，像一团绒绒的雪。可是这样的雪球原是撑不了几天的，转眼间花儿们白嫩的脸庞就被吹得粉紫，花球低垂，似乎想躲进叶子丛中一避风寒。

白露之后就是严霜，秋天里最后的花朵，孱弱得病了一般在风里蹀躞，等待迎接最后的堕落与凋零。

这世界没有永远的春天，谁也无法阻止生命的流逝与萎靡。

小城之外有一座木桥，那是我每日散步的终点，站在桥头高高的木栏上，天上的月亮静静地看我，水中的月亮却翩跹摇摆，弄尽了风情。天幕幽蓝，远山如黛，几点寒星对我眨着眼睛，彩灯在江水里铺锦洒金——一切深藏玄机，等待我来破解。像木绣球那样把头垂下，我看见沙滩静谧惨淡，蒿草却在跳着迎接的舞蹈，野花开到颓败，仍然兴致勃勃——嗅着微腥的水的气味，浓郁的蒿草的芳香，总有一种想从高处一跃而下跌落尘埃的冲动，也许那些花儿也和我一样，对这种彻头彻尾的陷落着迷，热爱着这种义无反顾的皈依。

因为，无论我变成哪一种形态，就算堕落到大地之中，在河水的深处化为云，化为烟，我的灵魂仍然可以这样轻灵缥缈，像一朵永远的花儿，为这个幽静雅致的世界留一缕暗香。

妙　五

写下这个题目的时候，妙五似乎有了感应，在厅堂里叫几声，来到我的身边。

我起身，把它抱到床上。它不喜欢和我们并头而眠，枕在我的臂弯，很无奈地瞪着一双琉璃一样的大眼睛，忍耐着我的恐吓与霸道的关爱。

妙五的忍耐是有限的，三五分钟过后，它做好了突击的准备。别看它长得细瘦苗条，力气可大得很呢，尤其是瞬间的爆发力。它一使劲，我便按它不住。"嗖"的一下，它从被子里钻出去，逃走了。

它悄无声息而又自由自在地在各个房间游荡，有时蜷在沙发上、电脑椅上慵懒地睡觉，有时，它毫不费力地打开衣柜门，睡进衣柜里。

在妙五严格的作息时间表里，晚上十点必须关灯就寝。我读书、看手机、写稿子……晚上十点怎么舍得睡觉？妙五认为我这样完全不合乎生活准则，有一次，十点半了，我的屋子仍然灯光明亮，妙五从另一个漆黑的房间走出来，一边高傲地走进我的房间，一边发出警告的叫声。我的稿子正写到兴奋处，没理它，它蹲在床头看了我几分钟，见我毫无悔意，就悄悄溜走了。稿子还没写完，客厅里忽然发出咔嚓咔嚓的声响，我惊跳起来——妙五这是把沙发当猫抓板了。我冲上前去，做了一番思想工作，把它抱上床，熄灯睡觉。

妙五一定觉得这个计谋很好用，两天之后，我仍然写稿，妙五仍然理直气壮地来叫我熄灯，我仍然没理它，它便再次溜进客厅去抓沙发。

我火了，大声呵斥它。妙五吓坏了，不知我因何起了这雷霆之怒，它不敢逃，乖乖地蹲伏在角落里。我还不算完，把它扯到沙发上，一边大声指责，一边声势浩大地打它的屁股。它完全慌了，在它眼里，人类一定是最不讲道理、最没有原则的怪物。

妙五连叫也不敢叫，只用一双无辜的蓝眼睛看着我，我狠下心来把它抓在手中，拎进了我的卧房。平时，家里的门都是敞开的，妙五可以自由出入任何房间，这一晚我关了卧房的门，妙五一声不吭，也不上床，只郁闷地卧在床头一个很大的纸壳箱子上。

妙五挨了我的打骂，好几天都不爱理我，与我若即若离。那天，坏脾气的我与老公吵了起来，老公不但说了些让人生气让人伤心的话，还摔了一只花盆，我气呼呼地回屋，眼泪忍不住簌簌流下来。

门"吱"的一声开了，没有脚步声，妙五跳到我面前，它不叫，只用一双潭水一样深情的蓝眼睛看我，那一张楚楚动人的尖俏的小脸，藤蔓一样妖娆地翘起来的雪白的胡子，它那么漂亮那么深情。我抚摸着它，看它眼睛上面的毛密密斜伸出来，形成了浓浓的睫毛，每一根毛似乎都精雕细刻，恰到好处——我不知道该怎样来形容它的好。我和妙五就那样望着彼此，那一刻，我和它的心是相通的，它看着我流泪的脸，深邃幽蓝的眼睛里全是我读得懂的语言，满脸的安慰与柔情让我的心都要融化了，我不由轻抚它光滑温润的毛。今生，无缘做一只猫，不能和它一起相伴、嬉戏，简单而又快乐地活着，我是多么遗憾——想到这里我更是泪如雨下。

哭过之后，日子还要往前赶，好在我有妙五，它从一个房间踱到另一个房间，叫我起床，催我入眠，目送我离家，又假装不在意地看我回来。它有百多种叫声，我分不清其中的内涵，但它却对我的悲喜了然于胸。

儿子说妙五的智商顶多相当于七八岁的孩子，对我来说，这就是最好的了——没有被教育扭曲，没有被社会污染，不会尔虞我诈明争暗斗，这正是一个人最好的时光，而人，是无法停留在此处的。

与一只猫，一个永远也长不大的孩子相伴，今生，足矣。

和一只猫过快乐的生活

　　身边的人多养狗。小区内、河岸边，遛狗的人衣冠楚楚，狗因为人的牵引益发有恃无恐；人因为有了狗的陪衬一下子身价百倍。每有高大上的人狗组合从人群中招摇而过，总会赢得羡慕的眼神和纷纷议论。养一条狗，似乎已经成了生活格调的象征。

　　我不喜欢狗的喧腾，因此，我养猫，养精灵一样的暹罗猫。猫整天宅在家里，不张扬，不炫耀，与我朝夕相伴，给我简单又实实在在的快乐与幸福。

　　猫是儿子带给我的，才一岁半，在猫的世界里属于风华正茂的少年。它从遥远的南国一路辗转而来，陌生的环境一度让它惊恐不安，每天晚上都飞跑着巡逻——客厅、书房、卧室、餐厅……细碎的脚步像轻盈的落雪，猫跑遍每一个角落。儿子说，猫是在圈起它的领地，从此，我们家这几口人便都属于它了。

　　我是猫的陪练。每天，我的任务就是陪着猫踢纸球、踢桂圆、相互追撵、玩捉迷藏……踢纸球和踢桂圆我都不是它的对手，猫身手敏捷矫健，带着球奔跑如风，没有人抢得下、追得上；追撵时我更甘拜下风，它总是风驰电掣一般，从一个房间到另一个房间，从沙发起步、跃过茶几、冲上床、跳上窗台……整个动作如行云流水一气呵成，让人目不暇接。

它最喜欢的游戏便是捉迷藏。起初，是我藏在门后，我说："喵，我藏起来啦，快来找我啊。"

听了我的召唤，悄无声息地，它准确无误地找过来，瞪着一双蓝宝石一般的大眼睛望着我，我大笑，冲出去想抱起它，它却一扭身，"嗖"的一下跑开了。

没多久，它就学会了我这一招。见了我，忽然跑开，找门后藏好，然后"喵"一声，让我去找它。

它那么小，藏在门后一点征兆都没有，我挨个找。找到了，我们惊喜的目光对视之后，它又顽皮地跑开了。

它灵巧敏捷，好奇心重，常常直立起身子打开房门、柜门，或者站在电脑椅上伸长脖子张望。倘若有飞虫嘤嘤飞过，它便兴奋起来，飞身跑去抓捕。儿子说，每一只猫都藏着一颗杀手的心，温顺爆棚的外表下掩藏着一颗永不驯服的灵魂。能在万千年与人类相处的过程中保持自己的本色，不谄媚，更不会从内心深处完全服从人类，这实在是个让人钦佩又让人心疼的小生灵。

在朋友们的印象中，猫是"奸臣"，挠人、偷嘴，有很多恶习，这可真是偏见。猫吃得很少，对食物很是挑剔，我们大肆饕餮的食物它完全不屑一顾，连碰都不肯碰一下。一家人围在一起吃饭的时候，它总是坐在窗台上看风景，即使是跳上窗台，它也小心翼翼，绝不会碰乱了放在各处的物件。

猫也从不挠人。我常常不择手段地逗弄它，有时惹得急了，它便伸出毛茸茸的爪子来推我，或者干脆来一巴掌。猫打人的时候利爪也是收缩着的，因此人一点伤都不会受。只是，它出手那么快，想躲都躲不开。

玩得特别开心时，它也会假意咬人。它虽未尝用力，但我的手上胳膊上还是会留下尖锐的牙印。我们的策略是说教，也不知道它听懂没有，反正此后它只是张嘴吓吓我们，不再把我们的手含进嘴里。

猫把老公当仆人。添猫粮、煮鸡脯肉、添水、打扫猫窝、铲屎、梳毛……老公在家，猫总是把我晾在一边，缠着老公婉转地叫，老公哪受得了它这样卖萌？又是梳毛又是按摩，简直把它当猫皇。

和猫一起生活，哪里会孤寂又落寞？

儿子是猫最喜欢的人。它从小被儿子精心养大，最听儿子的话。每一天，它都要爬上儿子的肚皮，伸长脖子，把脑袋搭在儿子的肩膀上，还要翻来覆去地舔，这是它与人亲昵的最高境界。

陪着猫在家住了一个多月，儿子才离开。那几天，像是有什么预感，猫一直缠着儿子，寸步不离。儿子离家后与我们视频，猫听到熟悉的说话声，立刻飞跑着去儿子的房间寻找，原来它看不清视频。可怜的小猫，此后几天它一直郁郁寡欢，每天都早早起床，寂寂地去儿子的房间，小小的一团，蜷缩在偌大的床上，眼里满是无助。一只被人类认为是"奸臣"的猫，心中却也涌动着万千情愫。

渐渐地，猫和我们一样，养成了每天与儿子视频的习惯。每当晚上六七点钟，它就会抢先跳到电脑椅上，等待一场遥远的会话。

猫也很牵挂我们。它最怕洗澡。因为自己怕，以为我们也怕。我洗澡时，听见哗啦哗啦的水声，它立刻大叫起来，似乎在喊："救命呀，有人掉到水里去了。"每当此时，我便开门安抚它。它见我无恙，才安定下来，不过一直守在门外，直到我湿淋淋地从卫生间走出来。

它天天都在等我们回家。有一天，老公不在家，我加班之后吃夜宵，午夜才回家。平时，每次打开家门我都会喊它："我回来了，快来迎接我呀。"它总是淡定地从卧室里探出半个身子来，瞪一双大眼睛盯着我看。那天，因为回得晚，我没敢吱声。悄悄换鞋子的时候，猫一下子冲到我面前，原来它一直蹲在沙发上等我。它的大眼睛里全是不满，全是质问，全是气愤，好像在说："到哪里疯去了，把我丢在家里，让我等了半宿。"

我愧疚地抱起它，轻轻安抚它，哄了好久，它才原谅我。枕着我的胳膊，全无戒备地睡在我身边。这个毛茸茸软绵绵的小家伙，让人的心都酥了，软了。一只猫，在我的心里，在我的生活中种满了大爱。

猫能听懂几种语言

妙五生在南京，是一只古灵精怪的暹罗猫。它曾经的主人是地地道道的南京人，说一口让我们目瞪口呆的方言。主人配合着手势与语气高一声低一声急于表达，无奈我们是东北人，他的南京话，我们一句也听不懂。

由一个年轻的小孩子做翻译，费了好大的劲，意向总算达成了。我们带上八个月大的妙五，飞越千山万水，乘飞机从南京飞回东北。

妙五彼时的名字叫泡泡，是我重新给它改了名字，不久它就接受了新的身份和姓名，融进了我们的家庭，成了聪明乖巧的一员。吃饭、睡觉、做游戏，我们说什么它都听得懂，感叹它的高智商之余，不免想到一个问题：一只猫，到底能听懂几种语言？

很显然，它比我们更懂它最初那家主人的南京方言，来到东北，完全不同的语言也没有在我们之间产生什么障碍——它毫无悬念地把东北话纳入了它的认知体系。夏天，我出去学习，猫由楼下一对朝鲜族夫妇照应着，老夫妇用很生硬的汉语说让我们放心，一转身，就叽里呱啦用我完全听不懂的朝鲜语来招呼我的猫咪。

我很怕妙五不懂朝鲜语受了亏待，接妙五回来时，那一对老夫妇极力称赞这只猫的聪明，说妙五乖巧听话——它什么都听得懂。那些我听来感觉极为糟糕的朝鲜语，根本没有成为猫的难题。

莫非，猫是语言的天才，无论多么佶屈聱牙的语言它都能搞清楚？

假日里，姐姐来我家串门。姐姐是英语老师，为了试验猫对语言的感知力，我让姐姐跟猫说英语。猫开始与姐姐生分，不理她，不久之后，姐姐被猫接纳了，用英语和妙五说话，它也会"喵——喵——"地给予回应，喊它吃饭睡觉，它也完全听得懂。

这样看来，一只猫远比人类更聪明更有灵性，因为，它不受语言的拘泥，它懂得的是语言所要表达的意图。无论多么花哨的语言，所要传达的，不过就是人的想法而已，语言未动，心已经动了。

瑞士哲学家马克斯·皮卡德说：人的语言由沉默而来，并且又回复到沉默。远古时代，人类也是没有语言的，那时候，不但人和人之间可以顺利交流，人和其他动物也可以交流，连自然界隐藏的玄机人类也可以感知得到。语言的产生是一种进步，是文明的标志，但有了语言之后，有了依托，有了依仗，人类的感知能力也就逐渐退化了。而一只猫，仍然保持着这种原始的感知能力，透过语言的面纱，猫可以轻而易举地感知到人类的意图。

当然，人类的心机远远高于一只猫，人类的那些谋划，那些算计，那些没完没了的烦恼，都不在猫的思想范畴之内。猫只在乎它自己的生活，对人类的种种折腾不屑一顾。

禅语有"一默如雷""不立文字"的说法，高僧大德们努力剥开语言的外衣探索生命的本质。即使是人与人之间，也很看重语言之外的心心相印。心有灵犀一点通，对于人类来说，这是多么难能可贵的境界，人和人之间，要堆积多少语言的泡沫，才能彼此沟通？又有哪一种语言，可以让心灵与心灵畅通无阻？一个人的话语只在出口那一瞬间具有真实性，可这一瞬间转眼就过去了，重复者、传播者以及接受者会因为不同背景不同心境改变话语的走向，于是，我们的生活充满了絮叨，充满了解释，充满了流言蜚语，充满了隔阂与攻击——语言让我们顺利交流，也为我们制造了无休止的矛盾。

其实语言只是一种情感交流的衍生物，过去了也就消失了。不论雄辩力有多强，若不真实，则与无语何异？因此，只要在沉默中能感觉到真实的存在，这世上，也就没有听不懂的语言。

剥去语言的华羽，才可以走进心灵深处——做一只有性灵的猫，自然可以听得懂所有的语言。

我的宝贝叫妙五

妙五蹲在靠近房门那一侧的床角，安静得像一只孵蛋的母鸡。每当它老僧入定一样枯坐的时候，我就忍不住要偷偷靠近它，把脸埋在它后背上，伸手去抚摸它温暖的颈子和柔软的肚皮，进而把它的手脚也抓到手，把它推倒。妙五挣扎着，一脸厌恶地想要躲开。我霸道地把它掀翻，一边把脸埋进它温暖的肚皮蹭来蹭去，一边絮絮叨叨与它说话。

我常常说的话是：妙五你怎么可以这样帅呀？或者是：妙五你怎么什么都看得懂呢？每一次，我都有一大段的赞美诗要念给妙五听，妙五不为所动，像一个严肃的导师，瞪着一双睿智的大眼睛直视我浮躁的内心，而我的零言碎语就像奔流不息的小河源源而来，啰里啰唆没完没了，直到妙五实在熬不住，站起来，抻个懒腰抽身走开。

我从未想过我兴之所至的那些废话是否打扰了妙五安静的生活，只由着性子稀里哗啦一路说下去。我没想到妙五也会想要倾诉，更听不懂妙五的心曲。妙五一出声，我就难以忍受了，妙五有时也会多话，高一声低一声说个没完，我不知道它在说什么，却大声呵斥让它闭嘴，不准叫。妙五的倔脾气上来了，直视我的眼睛大叫不休，我便动了肝火，呵斥它，四处追撵它，或者在它睡觉的时候故意吵它，把它弄醒报复它……妙五读懂了我的恶意，它闭了嘴，远离我，就算我努力讨好，它也决不原谅我。倘若我想偷偷靠近它，它感知了我的脚步，立刻跳起来转身跑掉。

妙五和我有了隔阂，它不再接受我那些亲昵的举动，我说什么它都听不进去，我如何解释它都充耳不闻——它不理我了，它像林黛玉一样就爱使个小性子，哄是哄不好的，它不开心，就不让我接近它，总是警惕地与我保持距离。我和妙五，友谊的小船真是说翻就翻了。

那日，我没精力去和妙五打架，因为牙疼难耐。感觉半边脸都肿胀起来，腮、太阳穴还有额头，像猛火在炙烤，整个牙床就像被一把钝锯子在锉，痛得我站也不是坐也不是。吃了大把的药片，却一直不见成效。我痛苦地呻吟着，用一块冷毛巾敷了脸，软塌塌地躺在床上。

没想到妙五一下子释了前嫌，担心地大叫着，乖乖走到我身边来，仰着小脸在我的手上脸上蹭来蹭去，一边蹭，一边温柔地叫着，它还一圈又一圈地绕着我走来走去，不时用脸、用臂膀、用柔软的身体摩挲着我，表达它对我无尽的担忧，那声音，那眼神，满满的都是心疼，都是抚慰。

我的痛苦一下子减轻了许多，不由得伸手去抚摸它。妙五见我不再呻吟，似乎也高兴起来，乖乖地卧在我的枕边，把自己蜷成毛茸茸的一团。我把手放在它的脖子下边，它便仰起头，身体微微翻转露出雪白的脖颈和肚皮，把自己绕成一个团，还"呼噜呼噜"地卖萌。我的心都快被它萌化了，捏着它腋下松软的皮，把它的手和脚打开，把疼痛的脸埋在它的肚皮上，这是它最不喜欢而我又总是乐此不疲的亲昵方式，但是，看在我牙痛的分上，它竟然忍了。我亲得累了，加上仍然牙疼，回身继续敷冷毛巾仰卧在床上。

妙五仍然把自己团成一团，卧在我的枕边，发出温暖的呼噜声，就像一个小天使，坐在我的身边吐纳爱的气息，给我唱爱的催眠曲。

　　一家人之中，我是最挑剔的，总想让妙五在我的管束下生活，任性高傲的妙五不听那一套，常常受到我的絮叨和呵斥，常常，它心怀厌烦地躲开我，远远地盯着我。我和妙五的恩恩怨怨就是我们家的热闹江湖。

　　不过，吵闹也好，怨恨也罢，那都是凡俗日子里的小争端，平淡时光中的小插曲。遇到病痛，遇到坎坷，在黑暗与苦痛中有陪伴，有抚慰，有不离不弃的追随，这便是最大的幸福。

做一个穿红着绿的女人

红和绿这么俗艳的颜色，一直是我的最爱。

也许是因为我的出身不够高贵吧？在贫穷冷寂的草庐中，一朵红花，一片绿草，绚烂的颜色照亮了我的眼睛，让我着迷，那种红与绿的俗世美景洇染了稚嫩幼小的心灵，让我的一生都放不下。

一直喜欢过这种随遇而安的生活，从来不会自诩为荷花，要去做出淤泥而不染的壮举。沉浸在庸庸碌碌之中，沉浸在烟火红尘之中，我一直爱着这个平凡而又庸俗的世界。

美丽且条件优越的少女总会幻想成为公主、女皇，可以高高在上，颐指气使。公主也好，女皇也好，她们是不适合俗世里的红与绿的，她们要标榜自己的纯洁和高雅。因此要选择一尘不染的白，但白太过单调，有时她们也用一点淡淡的黄，淡淡的紫，淡淡的蓝……

注定的，我不是公主，也不是谁的女皇，所以我可以穷其一生热爱我的红与绿。朱红厚重而睿智，像我们满脸皱纹，昏花着老眼却可以直视人生与未来的祖母；绛红端庄典雅，一贯地深邃无言，默默地帮衬我们，就像我们温柔慈爱的母亲；桃红娇俏浪漫，像绽放幸福的新娘；玫红风情万种，像妖娆明朗的少女……就算是夕阳红，披在身上，温暖的又何止是一个黄昏？

喜欢绿色，是因为绿是我们生存的本色，是我们生命的依托。薄翠的绿衣只能出现在《诗经》里，"在水一方""清扬婉兮"，或是在唐诗宋词里"轻纱卷碧烟"。那时候，每个女人都有过不止一条绿罗裙吧？不然，远赴他乡的情郎怎么会"记得绿罗裙，处处怜芳草"呢？回忆染绿了我们的故事、我们的历史。乡下的女人们提起绿色，总是纷纷咋舌：葱心儿绿的，那叫好看。真的，绿是属于像我这样最平凡的人的。

为了假装志趣高雅，也曾在身边潮女们的诘问中放弃过红与绿，用蓝色来宣告自己所拥有的职业，用灰色和米色装扮文化与修养，用咖色和黑色减缩丰润的腰身，用白色包裹纷飞的杂念……各种时尚的颜色像偶遇的路人，总是来去匆匆。无数次，在试衣间里，我脱下不合时宜的红衣绿袄，在那些我不懂的颜色中徘徊，难以决断。

忽然发现，身边两位年过半百的老姐最是具有穿红着绿的勇气，一个四季，深深浅浅的红衣绿衣仿佛是为了挽留日渐衰老的容颜。也许，直到此时，她们才发现银灰米白的品位、棕与黑的神秘，以及那些太过模糊因而叫不出的颜色是多么暧昧，多么喜欢装腔作势。高雅了大半生之后，她们终于走回烟火红尘之中。喜欢红与绿，大概因为忘不了曾经的红颜，忘不了生机勃勃的青春岁月，以及所有青春岁月里桃红柳绿的往事吧？

红与绿的搭配在画家那里被当作最大的败笔——大自然不是画家，尽可以把红花绿叶铺展到每一个角落。蓝天白云、红花绿草的景致总是让我怦然心动，即使像现在这样，坐在黄昏的窗前，默默地冥想，也会神往到迷失。

一直这样，义无反顾地痴迷着红与绿，痴迷着这样绚烂明丽的色彩。喜欢大红大绿，喜欢碌碌俗世中这份平凡安逸的生活，就像喜欢传承千年的古老民风。也许，在遥远的前世，我就是那个青螺髻、绿罗裙，在窄巷溪边轻挥红袖的且俗且凡的小妇人，浓艳丰满，用红与绿装点着悲喜分明的日子。

　　只希望有一天，在无边的草原，在离天空最近的地方，夕阳红透，而我穿红着绿，挥舞着人间俗物万世的风情，融化在我爱的这个滔滔滚滚的红尘世界。

我不想像别人

忙了大半年，终于盼来假期。放弃所有的休闲娱乐钻进书房，我要用这宝贵的时间陪伴我钟爱的文字——或读或写，我的日子过得很是惬意。

有了新稿，发给曾经合作的编辑，不久就有新文章见诸报端。找回从前发稿的感觉，心中难免有些小欣喜小得意，一高兴，就把发表的文章截图发到了朋友圈里。

朋友圈里热热闹闹，熟悉的陌生的，每天都有人发各种链接，我的文章发上去，相识的朋友自然来围观，有表扬有鼓励，有善意的玩笑和戏谑，我也就高调接受夸奖并与朋友们海聊，还假装谦虚说这是我随手写的几篇，以后有时间会坚持这个让我感觉很充实的爱好。

微信群是个纷纭复杂的小社会，有阳光明媚，也有闪电霹雳和闷雷——在喧阗的欢乐颂歌中，有人阴鸷地问我："你随手写的东西就有这么多人夸你，要认真写会和曹雪芹一样的吧！"

分明是讽刺挖苦。六月里天上掉下一块冰坨坨，我无语了，心中却百感交集。

把文章写成谁谁那样子——这种话，实在听得太多太多。有人热切地说，你写的文章像萧红，有东北特色；还有人说，你写的小说有特点，很有些迟子建的味道——这些都是我的朋友，他们这么说，是抬高我，鼓励我，让我好好沾名人的光。可是我其实是个极为懒散的人，无论萧红还是迟子建，她们的作品我都未尝读过，私下里，我甚至很不喜欢有关萧红的传说。我一点都不想把文章写得像某个名人，如果我真的不小心与两位大师雷同，那是因为我和她们一样，手中的笔，一直忠于自己的内心，忠于曾经的生活。

我也曾充满好奇地和朋友们一起按照严格的平仄与格律要求写诗填词，互相唱和，以此为乐。局外人却说，写诗词格律？你是能写过李白呢还是能写过杜甫？唐诗宋词早就让唐人宋人写完了，你再怎么写也不可能像李杜文章流传千古了，现代人还是老老实实写现代文吧，别糟蹋光辉灿烂五千年的古老文化了——参照物一出现，我们就成了历史的罪人。

我偶尔也假模假样地写两篇针砭时弊的小杂文，有人见了，关切起来，语重心长地对我说，写杂文，你得看看人家鲁迅，那才是大师级人物。我自知离鲁迅十万八千里，于是收了手改写小说，他又说，你写的小说怎么不进步呢？满足于手头这种小题材可不行，你得像沈从文那样，写出个《边城》来。我说我没看过《边城》，倒是很喜欢某篇小说，还没等我说出其中的好来，他就说，有什么好，还能好过《红楼梦》……

"我认识写文章的某某某，他们是我们这个小城的名人，哪天我邀请他们喝点酒，你也来，长长见识。"在惯于树立榜样的人那里，我被从古到今、自此及彼、由远而近的名人摄了魂，本来就不坚固的自信心土崩瓦解，感觉自己像一摊稀泥等待着重新塑形。

这是个喜欢参照物的国度。从小，我们的人生途程中就埋伏着无数的"别人"：董存瑞、邱少云、黄继光、张海迪……名人全都聚集在我们生命的上空，层出不穷的事迹让我们不断失去自我，生命就像一道复杂的几何题，从小到大，我们要用名人的经历、名人的故事做定理不断加以证明，以至于最后连"别人家的孩子"也成了我们无法逾越的鸿沟。似乎，没有名人做参照物，我们的人生也就失去了意义。

二十年、三十年……好不容易逃离了"别人"的阴影，人到中年的我只想尽自己所能忠诚地记录我对这个时代的感悟，记录一个平凡人的平凡生活，我从未想过要通过写作扬名立万、名垂千古，更不会奢求我的文章会永垂不朽。那么，我可不可以远离"别人"？可不可以信马由缰活成自己的模样？可不可以按下那些高高举起的名人的牌子？可不可以昂着头，怀揣一颗高傲的心，从那一方方神祇面前不屑地逆风走过？

吹一吹股海的风

有一天，一位相交甚好的朋友突然对我说，买点股票吧，闲时炒一下，挣个"脂粉钱儿"。

我惊愕地看着朋友严肃正经的脸，想起微信上说，要想找闹心，就去买股票；要想害一个人，就让他去买股票。我用怀疑的眼神在朋友的周身逡巡一番，确定他真心实意思维正常，没有发烧说胡话，就把蜂拥而来的准备声讨他的千言万语赶回到肚子里去，只是一笑置之——也许朋友并无恶意，但我却不想让自己陷入麻烦混乱之中。

朋友是个爱较真的人，第二次，第三次……他反复提示我该进入股市看一看。我是个很随和很愿意遵循别人的意见的人，三番五次之后，我再也不好意思置朋友的好意于不顾，向朋友讨了一只股——我这个彻头彻尾的股盲奋不顾身地跳入了汹涌澎湃的股海之中。

只是，因为太过迫不及待，扔出一万块，还没到停盘，就缩水变成了八千多一点，我的"脂粉钱儿"呀，一下子就跑到爪哇国去了。后悔不已，去向朋友抱怨。

朋友说，你要买也好歹看一下时机呀，购买股票是一门大学问呢。

朋友滔滔不绝给我面授机宜，我笨，搞不懂，不过有一点总算明白了：趁大盘走低再进一点，就是所谓的补仓，还可以拉一拉平均数，降低一下成本。

再投了一万块后，大盘开始上涨，账面有了结余，股市大好。贪心也便在每天都飘红的数字面前潜滋暗长，朋友鼓励我多投些钱，投上十几或是几十万，就可以为孩子挣出一栋楼来。

几乎红了眼，准备大赌一次，但想想还是算了，都说股市有风险，我还是把目标定在一点"脂粉钱儿"上吧，一夜暴富，这从来就不是我的梦想。

在朋友的劝说下，我扭扭捏捏再拿出两万块买了另一只股，从此，无论股市涨得多么疯狂，告诫自己再不心动。

涨起来的钱还是爱的，每一天，去看看精心养着的两只股票宝宝，不久之后我就学会了买进卖出，不由得频繁倒腾起来，乐在其中。

因为投的只是自己的私房钱，初衷又只是挣一点"脂粉钱儿"，所以，股票涨时，我的欣喜也不过就是觊觎一下那些平时根本舍不得购买的高档化妆品，幻想自己用了那些宝贝之后会青春靓丽、貌美如花；股票跌时，也并不特别心疼和失落，反倒告诫自己要保持安宁祥和的平常心。

对我来说，炒股不是为了赌一个众人瞩目的彩头，我只是好奇，股海中的芸芸众生，是怎样夸张怎样放大了他们的悲喜人生。股票并未如微信所说让我整天闹心，让我因那些数字的涨落而欣喜若狂或寝食难安，陷入万劫不复之中，我的生活仍然安稳宁静，日子平凡如初。也许，只拿出几万块钱，我这种人原本就连股市的门都没摸到，但能在股海上吹一吹风已经足够了。倘若因为贪婪而孤注一掷，把所有的野心和梦想都寄托于股市，那么，被股市吞没的就不只是金钱，还有日渐空虚、苦苦挣扎的惨淡人生。

大盘并没见涨，我手里的股票却势头良好。"脂粉钱儿"日渐涨起，朋友常常来打趣我，说我在风云变幻的股海上一直是命好的那一个。

　　设置好自己的人生底线，不贪恋浮华，不惧怕低谷，好运气自会接踵而来。

梅粥花馔暗香汤

宋朝林洪在《山家清供》中写道:"扫落梅英净洗,用雪水煮白粥,候熟,入英同煮。"素手煮梅粥,红袖添香,古人风雅起来,真是妖娆入骨。

东北无梅,但梨花李花从来都不缺。梨花在开水里烫一下,捞出,可做成清香可口的凉拌菜;梨花饺子不仅好吃,还能清肺止咳、解热解酒。李花相比梨花要芳香馥郁得多,可以学梅花煮成粥,也可以与面粉合作烙成饼。我通常是用李花加矿泉水泡制成润肤水,用它来喂饱我有些暗沉的皮肤。

小镇里种得最多的就是槐树和忘忧草。夏初,忘忧草在江堤路上铺洒阳光,一路金黄下去,槐树昂首向天,槐花缀满枝头,芳香扑鼻。这两种花都是大家喜爱的美食:忘忧草可清炒,槐花可做羹,可入粥,也可做饺子馅。向往着餐花饮露的生活,我自己很想去采几串槐花,可是等我到了江堤,映入眼帘的是大叔大妈这些追求时尚的食客,槐树的枝条无法承受他们粗壮手臂的攀折做出脆响——雪白的伤口不由得让我心头一痛。

罢了。煮粥何须用槐花？老家的小院里多的是芍药，拈几瓣白芍或是红芍与东北大米煮了，不是为了风雅，听说芍药是女人花，花瓣和植根都是良药——我是想美容养颜，即使到了老年也有一张俏脸如花。

与芍药同时，野玫瑰也开了。野玫瑰花香味浓郁怡人、幽雅持久。花瓣泡水喝，排毒养颜，有强心润肺、安神、靓肤、香体等功效。民间有用玫瑰花蕾加红糖熬成玫瑰羹的秘方，服用后可以起到补血养气、滋养容颜的作用。其做法是将100克玫瑰花蕾加500克左右清水，煎煮20分钟后，滤去花渣，再熬成浓汁，加入500～1000克红糖，熬成膏状即可。

然后，凤仙花开了。凤仙不必刻意播种，村路旁，院子里，田间地头犄角旮旯，只要有一粒种子，只要有一抔土，凤仙就会兴致勃勃地长大、开花。摘上三五朵鲜凤仙花，开水冲泡当茶饮，可以活血化瘀，最适合经闭腹痛的女子。倘摘上十朵与冰糖炖食，则可以治疗百日咳。凤仙的干株还可做透骨草用，可以活血通经，祛风止痛。炎炎夏日，老家的人煮羊汤时总要放上一把。

凤仙兀自牵连不断地开下去。园子里，南瓜花已悄然绽放。采五六朵，与泡发的干茉莉花一同放案板上切碎，打上三四个鸡蛋，加入调料，就可做出一盘清淡可口的双花煎蛋。

南瓜花还可以与青椒同炒：青椒洗净，去籽，切成粗丝；南瓜花洗净，用刀剖开成两片；炒锅内放烹调油烧热，下生姜片、干花椒粒、精盐、青椒丝炒几下，再下南瓜花合炒至断生后，放味精推匀，起锅即成。也可与苦瓜一同凉拌：苦瓜去籽、洗净、切成片，拌上少量精盐；南瓜花洗净，改刀成条，投入沸水锅中焯水至断生，捞起用冷开水透凉，沥干水分，与苦瓜、味精、香葱花、香油拌均匀，盛入盘内即成。

南瓜花可以做饼，可以做汤羹，它亦蔬亦药，清利湿热，消肿散瘀，抗癌防癌……可以随心所欲地烹调食用。

百花过后，秋天来了，果实跃上枝头。选鲜嫩的果子放入粥里煮，自有另一种芬芳。

清淡的白粥就像平淡的生活，总需要一些调剂。有时，我的粥里只放入几颗鲜玉米粒，那种粥，像极了小孩子爱着的"果粒橙"，喝粥时偶遇几颗玉米粒，静静咀嚼便是一种享受。其实日子也像这粥，因为有几颗玉米粒、有花、有果，便有了希望，有了奔头。

养儿不是为了防老

自古以来，我们耳熟能详的就是"羊羔跪乳""乌鸦反哺"的故事，在我们传承千年的历史文化中，父母把孩子养大，目的就是老有所依，老有所养。为了使下一代牢牢记住奉养父母这件事，古人煞有介事地整理出《二十四孝图》向我们宣传"孝"的诸多好处，在这本书里，舜因为"孝"感天动地，以至于大象替他耕地，鸟儿代他锄草，帝尧更把自己的一对绝色女儿娥皇和女英嫁与他为妻，还选他做了自己的接班人；董永因为"孝"卖身葬父，结果就赢得了七仙女的芳心，上演了一出《天仙配》；郭巨"孝"，家中无钱竟然想出个活埋儿子以减轻生活负担，从而奉养老母的主意，结果挖坑埋儿时，得到了老天赏赐的一坛黄金，里面还有手谕："天赐郭巨，官不得取，民不得夺……"

这些离奇的故事都有同样的暗示——"孝"会让人得到不一般的回报。

讲求回报是人类的精明之处，也是最大的悲哀。

等待回报的父母们最常说的一句话就是："我屎一把尿一把把你拉扯大，供你吃，供你穿，供你上大学……"此言一出，父母立刻觉得自己变得高大上，做儿女的则立刻变成了千古罪人，背上压了山，心中搁了石。倘若有谁敢顶嘴："当初谁让你们生下我？"这便是大逆不道，人人得而诛之了。

每一种生命都以生养为乐，生儿育女是一件多么有趣的事啊。相对于生养，爱情只是简单的前奏，只是一个短暂的序曲。为了找一个如意的配偶，要花费多大的精力来展示自我：梳理羽毛，亮开歌喉，还要加上天时、地利以及梦想世界里千百年的修行，在对的时候相遇的缘分……两个生命携手共建爱巢，最终的目的就是为了生养，人如此，动物如此，连植物也有各自寻爱的方式。

制造一个崭新的生命，这是所有生命个体最为绚丽的绽放。

十月怀胎，一朝分娩，人们总是夸大这其中的苦痛，其实肉体的那一点点承载又算得了什么呢？孕育一个孩子，生命有了憧憬，有了期待，有了方向与激情——花开花落，硕果累累，这原本就是生命最灿烂的时刻，最缤纷的状态啊。

说什么屎一把尿一把？从我们自己创造的这个小生命，从那么粉嫩的小孩子体内排出的，在母亲的眼里全都是琼浆玉液，因为心中满满都是爱，擦屎擦尿又何尝不是一种幸福？

一个孩子的降临彻底改变了我们的生活，让我们哭，让我们笑，让我们着急，让我们充满了希望，让我们肩上多了担子，也让我们平添了勇气和担当……小孩子让我们有了希冀，有了梦想，有了生活下去的信心与理由，随着小孩子渐渐长大，我们的生命也日臻完美、成熟。

养一个孩子，我们付出的是物质，得到的是精神上的愉悦与丰富，一个人，如果只活在物质之中，势必变成行尸走肉。

养一个小孩子，他是我们生命分蘖出的一枝，他不欠我们，我们也无须以奉献者自居。

尊重他的意愿，发挥他的才智，等到他长大了，就放他到天地中去闯荡，以他喜欢的方式，开疆拓土，过独立自在的生活。

说什么要报答父母深恩，说什么父母在不远行，说什么百善孝为先……爱何以要变成一把锁，非得把父母和孩子锁紧在一起？为人父母，又何必锱铢必较，连养育一个孩子都要折合成人民币，都要等待回报？

平生最讨厌的话就是"翅膀硬了，连爸妈的话也不听了"——翅膀硬了，为什么不放手让我们去飞？

这世上最没意义的规矩就是：父母去世后，守孝若干年——我们何必要用这种毫无意义的形式自欺欺人？

生老病死是生命必经的过程，青春时期就尽情地自由浪漫，老了就该阒寂沉静，哪怕有些凄凉，这本是生命最为自然的历程，何必你窥视我，我打探你，用儿女是否聚在身前身后来折算彼此的幸福呢？一个真正珍惜生命的人，不论多么苍老，多么干瘪，都自会找到生命的乐趣。

孩子离开，自己就不知道怎么活着的父母确实是一种悲哀，不是因为孩子不孝，而是因为生命的空洞与苍白。找不到活着的乐趣，把自己像巨石一样紧紧系在孩子的身上，还要理直气壮地数落孩子不谙事，这就是中国父母的自私之处。

养儿不是为了防老，生儿育女是我们生命中一个必不可少的历程，完全不必以此居功，放开儿女，老了，就学会安排好自己的生活。

这世上，最需要独立的就是曾经的父母。

对自己好，就离开朋友圈

自从撞进微信朋友圈，没有定力的我那颗小心脏就悬了起来：工资改革了，退休延迟了，走路的人被不明飞行物砸伤了，骑车的人被马路杀手碾死了，飞机失联了，客船沉到海里了，三四十年的僵尸肉上桌了，水果店里的橘子长蛆了……铺天盖地的坏消息，无处不在的致癌物让我们一下子陷入危机四伏的生活。

好在朋友圈也教我们养生，帮我们挑选延年益寿的食物，领我们做太极、瑜伽，跳减肥舞做健身操，给我们打励志的鸡血，灌我们营养丰富的心灵鸡汤——一边描画千疮百孔的生活，一边努力治愈我们被蜂拥而来的病菌和致癌物包围的身体以及日趋破碎的簌簌战栗的灵魂，朋友圈就像慈祥多变的老妈妈，每日里瞻前顾后唠唠叨叨，每一句都用心良苦。

不仅如此，朋友圈还为我们锁定了崭新的人生目标——别人家的生活。秀餐桌、秀友情、秀恩爱、秀旅行、秀风景、秀华服、秀萌宠、秀乖宝、秀茶水、秀天空……个个有图有真相，秀不完丰富多彩、富丽堂皇的完美人生。每日里群星闪耀，光华熠熠，足以亮瞎你昏花的老眼，只好龟缩了那些蠢蠢欲动的上不了台面的小心思，悄悄刷屏，假装躲在朋友圈外面。

跟不上朋友圈潮流的人，既无钱又无闲连车子都没有的人，或许也可以借朋友圈来一场说谈就谈的恋爱：相机的功能那么全，磨皮去皱、化妆整容——包你形象停留在二八芳龄，"萌萌哒"；音频效果无懈可击，消除尖锐的杂音，修饰沧桑与粗糙——让你声音甜柔又温和，堪比最棒的播音员，"美美哒"。这高科技手机制造的恋爱情境里，在虚无中假装浪漫多情地恋爱，也可以醉了。

声音亦远亦近，照片亦真亦假，文字堆砌成爱的殿宇。甜言蜜语流淌了很多天，山盟海誓描绘了很多天，牵挂与相思在文字里行走了很多天……只是，照片、声音和文字都无法变成通途，甚至架不起一座连接的木桥。时光的那一头，彼此依然虚幻、陌生，那些被修饰过的图片，不是你，也不是我，就像那些流落在手机里的文字，离开了彼此的手指，转身，我们就按下删除键，所有的一切全都变成梦幻，被细心切碎、扬散，你我原本不相识。

恍若一场浪漫的春梦，醒来，故事仍历历在目，心却不得不安定下来——不能为之所动。

漂亮的图像，温润的语音，小黄人一样热情嘈杂的文字——朋友圈里，再华丽的文字最终都会变成俗世的垃圾，收藏得多了，无非是一所堆栈，无非是层层叠叠的塔，永远都无法走近。

关掉朋友圈，回归安静平淡的生活，回到落日斜阳里亘古不变的乡村，歇在一棵树或是一垛柴的阴凉下，听先人慢条斯理地讲古，说一些陈年旧事："早些年……""从前……"话题亦可以玄奥，亦可以离奇，但那都是"很久以前"的事了，我们只需稍加感慨，无须惴惴，无须不安，日子自可以优哉游哉、安闲自在地过。心中没有那么多波澜，没有那么大的起伏，也没有那么多情感像潮水，月望月晦都要泛滥……

对自己好，就离开朋友圈。一颗茹素的心，一份白粥样的生活，一串平淡踏实的日子，不矛盾，不惝恍，不犹豫，不徘徊……

　　把躁动的鸡血和肥腻的鸡汤留给别人吧，连同风光里姹紫嫣红的好看爱情。高居朋友圈外，与清风明月相伴，俯视尘世的喧哗与扰攘，我只想要从容、旷达、自由自在的烟火凡间。

告别流光溢彩的文字

一文友说，她最看不得那些平凡的文字，那些由大白话写成的文章。

不由得想起当年的我。

那时，我是那么执着地爱着华丽的辞藻，如痴如狂。笔下的文字，如果没有"蹀躞"、没有"缱绻"、没有"觊觎"、没有"跫音"、没有"如磐的重负"、没有"踽踽独行"……就觉得这文章写得太过淡泊无味，太不精彩，太不夺人眼球，甚至于自己臆造一些词如"悒郁""厌郁"之类。就像今天的美文，必定要妖娆，必定要凉薄，必定要清寂，必定要讲到三生的韶光，必定要引出指尖上的流年……

习惯了流光溢彩的文字，习惯了华丽的堆砌与铺排。提起笔，搜肠刮肚找到的都是富丽堂皇的意象，一如漫天花海，光怪陆离才好。灵感起处，文字倾巢而来，纸上便是三千浮华洇染了一地苍白，缤纷俏丽的文字一朵一朵地绽放，花枝招展，柳绿桃红，一个个搔首弄姿在我的文章里安营扎寨。

"语不惊人死不休。"不错的，每一篇文章的缘起，大概都是因为爱极了某一组文字。每一个动人的春夜，我都会小心翼翼打开那个珍藏着文字的箱子，我爱的文字，它们睡在不同的角落，我轻声呼唤，带它们走到我的笔下，它们舞姿婆娑，窸窣有声。倘若文字不美，在我，就决不肯当成一篇文章或是一首诗歌呈现给别人。我总是反复思量，斟酌比对，直到所有抑扬顿挫、笔画姣好、寓意深刻的文字在我的心尖上一一划过，织成一篇锦绣文章。看着那些好看的文字，我心满意足，像看着阳光下四处疯跑的我的孩子。

然而太过矫情的文字总是喧宾夺主，就好像一件靓丽的衣裳遮住了发自灵魂的眸光。

文字恰如衣裳。每一个女孩都曾梦想过一件最美的衣裳：以蕾丝为点缀，用宝石来镶嵌，有花朵若隐若现。可是，女孩忘了，衣裳太过美丽，就会让人记不起被遮掩的曼妙的身材和青春的脸庞。

况且，一件美丽的衣裳，当初爱得辗转反侧，爱得视若珍宝，转眼间，还会有更时尚更妖娆的新衣走进我们的生活——再华丽的衣裳，总有一天会时过境迁，会被遗忘，被丢弃。

美艳的文字就像一拨又一拨的新衣裳，那么精心地搭配，那么爱意柔柔地穿好，镜子前翻来覆去地打量——它们曾装点了谁的青春？又被谁无情地脱掉？当初爱得痴狂，丢弃时全然记不起最初的执着。而那个曾经被包裹过的胴体，以及那一颗精致温柔的心却要做一次又一次的逃离。作为生命的衍生物，一种华美终究要被另一种华美所掩盖，被时光永远埋葬。

曾经自以为绝美的文章，回首时却再也读不懂当初的情感，当初的思想——每一天都要绫罗绸缎，时时刻刻都要明艳照人，"乱花渐欲迷人眼"，这种端起来的美艳、绷起来的俊秀一步步把灵魂掏空。空荡荡的美衣华服下只有美丽的文字纷纷坠地的声音，让生命变得空洞而忙碌，让那些华丽的文章全失了最初的模样，在时光里灰暗地老去。

一餐美食，曾经追逐的是色香味的艳压群芳，经年之后，才发现食物的本色多么重要，减掉所有的调料，减去所有的搭配，只有在最简单时，才能品尝到食物的真味。

　　一袭布衣，清素之中自有别样的风韵。一篇文章，只有避开那些华丽的辞藻，绕开那些辗转缠绵故意做作的曲折，才可以直奔人生的主题，才可以拥有足够的时间和空间去思索生命的真谛。

　　所以，用最浅近最俚俗最平凡的文字写出最诗意最富有哲理的话，这才是文字的最终使命。

在案板上旅行

当企盼度假的人们打点好行囊，带着一份跃跃欲试的兴奋心情踏上旅途时，我也积极行动起来，不过我的方向是早市，我要去选一些心仪的时令蔬菜和鲜肉，回家包饺子。

今生今世，我最大的遗憾就是没有去做面点师，无法让面粉在日子里开出姹紫嫣红芳香四溢的花来。就只能借助包饺子、烙饼这些最为平凡最为俚俗的制作食物的方式，轻慰我对面点师的觊觎之心。

爱旅行的总是多数，大家汇聚在一处，人头攒动。迷人的风景、刺激的游戏、花样繁多的地方美食……照片和视频不久就嗨翻天，这都是自由快乐人生的最充分的佐证。

而我刚刚和好了面，一边努力剁碎砧板上的肉，一边看着灶上的火，我要烧开水汆香菇和白菜，抑或是芹菜和青椒。

不节食、不茹素、不刻意运动、不讲究一日三餐的营养搭配……完全依照本能随心所欲地生活，做什么饭烧什么菜，全凭喜好——这就是我自由快乐的人生。当然，如果一家人点不出特别想吃的食物，假日里，我便会包饺子。

肉和蔬菜剁碎，拌入各种作料，调出香喷喷的饺子馅。接着便是揉面、揪面剂子、擀饼、包饺子……我一直爱着这个慢条斯理的过程。一个人的厨房，安静、空旷，我按部就班做好各种工序，脑子里早已群星闪烁，许多小灵感都在自由飞翔。

曾经听过的故事全都鱼贯而至。忽然之间茅塞顿开，一下子悟到了故事的寓意，明白了故事以外的人生际遇。手的动作那么熟稔，头脑很快进入飞翔状态，文思泉涌，觉得可以以此衍生开去，化人化己——此时我兴奋、雀跃，冥冥中文字的千军万马旌旗猎猎，踏歌而来。我几乎可以看到一篇美文拥挤着就要流出笔尖。

但是，笔呢？能打开文字之门的键盘呢？

我的手不停，在干湿两种面粉中穿梭忙碌，我的心早已成了脱缰的野马，神游大荒，遨游太空。

总是在包饺子时，在让自己按照机械的程序周而复始地重复同一套动作时，思维便空前活跃，浮想联翩。意念的鱼群来了又去了，除了故事，还有经历，还有身边的人和事带给我的种种启示。忽然觉得耳聪目明，往日的纠结全都烟消云散，我一下子看到了事情的内核，悟到了诸事的真谛。思维的浪头一个比一个高，思想的浪花一个比一个美，它们撞击着，融合着，你来我往，破碎然后新生……我的心自由自在，在广大无边的世界里纵横驰骋，走马看过无数动人的风景。

然而那些跳跃的文字不久就困倦了、疲惫了，有时是被另一种让人更加兴奋的思绪埋葬，有时不小心淹没在凡俗与琐屑的现实中，海潮一样悄悄隐退。

心路畅游十万八千里，此时饺子包好了，放到清水里煮，那些起伏与沸腾，多像从容劳作的安静外表下那颗灵动跳跃的心。

入夜，万籁俱寂，我还记得我有一些小灵感，有几篇文章要写。情绪一度酝酿得足够饱满，主题思想也肯定会熠熠生辉，照亮万千读者的迷途。可是，我找到了我的笔，却找不到迷失在午后温馨静谧光阴里的那一缕神思、那一波又一波的灵感，就像那些挤入景区的旅行者，再也找不到自由自在快乐的理由。

我的遗失在光阴里的小灵感，你们这些爱旅行爱到迷路的孩子，如今被羁绊在哪里，是不是自此便要流连在外，再也找不到回家的路？

去而不返，莫非，这就是旅行的最高境界？

把故人和往事一起抛开

曾经，在朋友的怂恿下，顶着零下三十摄氏度的严寒，那么热切地穿过两个城市的车水马龙，奔向那座二十年前曾让我心潮涌动的小城。那里，有翘望我的故人，有我二十年前年少轻狂的美好记忆。

那些被层层包裹后压在箱底的美好时光，是经不起再次折射的，无论当初多么晶莹璀璨，都无法完好无损地移到今天长满老茧的手上。可惜，雀跃的我并不懂得这个道理，以为见了故人，青春便可以与他们携手而来。

豪华的酒店本已让人迷失，在酒店的门前，故人原本出类拔萃的脸忽然跌落凡尘，变得平庸起来：有人成了政府官员，他举止得体，亲切而又热情，但是离过去很远，离现在很近；有人成了诗人，诗文成册后相互赠阅的儒雅举止在我的眼里却变成了一种膨胀，一种标榜，仿佛在举着一块敲门砖。

谁还会说起往事呢？那个最爱说往事的人早已让位于争先恐后的嘴，只能在角落里相伴两三盒香烟，因为他既没有可以炫耀的位置，也没有出版可以给自己带来声望的作品集。

热情高涨者说起的是另外一串又一串名字，他们身居要职或者声名赫赫——大家最关心的，永远都是位置、人脉——"生活就是一张网"，这是从古到今的名言。

而我，天生不是做蜘蛛的命，就算打来满网的蚊蝇又如何？我活着，却坚决拒绝"蚊蝇"。

没有了往事的依托，所有的感情都如出一辙，渐渐地把自己沉浸在酒里，就像偶尔会沉醉在千疮百孔的往事里。故事早已变成了一张黑白老旧的照片，只配在角落里蒙尘。

酒桌上千篇一律：把感情拿捏好，插上生动得体的语言的翅膀，祝福和怀旧的话说得就像一篇美文，却并没有感情的含量。"把生命写成一首诗歌"，我这样说谁还会相信？最认真生活的人被挤出圈外，这是演员们得心应手的舞台。

二十年漫长时光里往事早已烟消云散，二十年后的相聚，其实不是怀旧，不过是想把所有的关系盘活。

酒局迟迟未散，感情益发肤浅，数日的望眼欲穿又当如何？往事还没有归来，就已悄悄消退，打开记忆的手帕，曾经炫目的光芒已消失殆尽，我们两手空空，打着饱嗝，醉眼蒙眬，从一场酒局赶赴另一场酒局。

酒桌上的叙旧，不可救药地变成了一场再普通不过的应酬。

既然一条河不会留恋春天，不会留恋岸，我们又何苦沉溺于过去，并且常常蠢蠢欲动呢？如果时光是水，就载着我向前流吧，让我与有缘的陌生人相遇，与缘尽的故人挥别，与身边的人擦肩而过或是挥挥衣袖……往事就像一坛酒，谁会奢望一坛酒里还能找出制作它的玉米和高粱呢？去往事里拉出那几位曾经和我们同台演出的人，去看俗世里的白发，这是多么愚蠢！

往事，留在记忆里还是一段美好的回忆，倘若一定要回头寻找，大多只剩下荒芜的堆栈，只剩下臭气熏天的垃圾。

谁都不是谁的港湾，既然要不断前行，就把故人和往事一起抛开，怀着憧憬的心，等待新的风景。

第三辑

在路上，遇见时光

在路上，遇见时光

　　天气转暖后，每天傍晚，我都会与女友相约一起去散步。

　　城郊的江堤路修得有些粗糙，这就给植物们留下无数可以自由居住的行宫。天一暖，它们就来了。先遣部队是猫耳菜、茵陈和荠菜，它们深入各个角落做过一番打探之后，便呼朋引伴，招来更多的青绿，逐渐连成一丛丛、一片片。每一次与植物的邂逅都会给我和女友带来惊喜：蒲公英开花了，路两侧的地铺绿毯了，柳树开始弄烟了，杏花开始织锦了……

　　我和女友都是缺少行动力甘心安于现状的懒女子，喜欢细小如碎花一样的陈年往事，喜欢安静而又古老的文字。有时我们讲一讲记忆之中那些过往，有时我们会谈起一位故人，或说起一本书，一篇文章，一首诗……时光静悄悄的，像是躲在哪里酣睡；我们轻手轻脚的，怕碰碎青花瓷般安静的薄暮。

　　每个黄昏，我们重复着从河堤路上信马由缰地走过。花开了，云起了，冥冥之中总会有一位画家跟在我们左右，他整天描云、画水、调色，暮霭被他画得幽蓝幽蓝的，晚霞被他画得姹紫嫣红的，连我们的脸上也被他偷偷描上了胭脂。他的手里总有一抔沙，扬起是一幅画，反手涂抹又是一幅画。我和女友不断地用手机拍照，每一个雷同的地方都会有新的发现，都会拨动我们的心弦，让我们流连忘返。

每一朵花都是独一无二的风景，每一片云彩都有特立独行的格调。江水时涨时落，一片不规则的绿洲在水里时隐时现。水葱、雨久草长得肥壮而又脆嫩，它们也和我们一样自得其乐，稀里糊涂地长高。我们那颗安于尘世的平凡的心就像一畦土，不断地长出对生命的感恩与惊喜。

就在昨天，忽然发现芍药谢了！多少个黄昏，我和女友徘徊在芍药园里，贪婪地嗅着那些花香，爱着那些雍容华贵的粉粉紫紫的容颜。我们偎红依翠，企图把自己变为芍药的背景，想要融进芍药的美艳世界。拍出来的照片上，我们笑靥如花，心无旁骛，时光被紧紧地锁在花枝头，我以为，花儿常开，不会凋零。

然而，芍药谢了，韶光老了，我们好像刚刚拍过梨花，如今又来拍满树青翠的梨子；那一树我们原本以为是海棠，我和女友还曾为东坡先生"一树梨花压海棠"笑个不停，如今时光给出了答案，却原来只是山丁子；那些不起眼的小草开出的花朵竟然像太阳一样；那些针叶般的小草举起丰满的穗子……

一直没看见时光带着怎样的表情打我们身边走过。一次又一次地与时光迎头相遇，却一次又一次地与时光擦肩而过。也许，他的衣袂曾拂过我的脸颊，暖暖的微痒，曾让人怦然心动，但是，我那时正流连在一朵花前，在一缕夕阳前，在一抹白亮亮的月光前……我天天与时光碰面，却一直粗心，没有好好看看他。

他不计较我的忽视，慈爱而又包容。他悄无声息地把梨花摘掉，把青翠的果子挂在树上；他安详地把夏花排好队，一拨一拨送到我们面前；他把那些爱——错过的，远处没有到来的——都一一编排好，等着我们去经历。

是的，时光是最为多情的，他走过，总会有礼物给我们留下，只有与他心心相印的人，才找得到。

给针尖找个麦芒

红和蓝从小为邻，住在一个风景秀丽的小渔村里。

也许是前世有仇吧，两个人从孩提时代就是死对头，只要碰了面，就算其中一个手里抓的是脏兮兮的烂石子，另一个也一定要设法把它夺过来，为此两个孩子常常相互厮打，抓伤对方。惊天动地地哭叫之后，各自的家长只能努力把她们分开，带回家去，一边打屁股，一边痛斥这两个针尖对麦芒的小冤家。

好在那时年纪小，因为贪玩，打了架，没多久还会凑到一起来。转眼间童年就在哭声与笑声的交织中走远，两个孩子成了同学。

上帝好像故意和两个孩子开玩笑：从小学到初中，再到高中，两个孩子竟然从来都没分开过，一直分在同一个班级，住校后又分在同一个寝室。成了同学的红和蓝仍然不和睦，要争抢的东西太多了：好成绩、三好学生，当班干部的机会、老师的表扬、同学们羡慕的眼光……一方进步，总有另一方像影子一样紧紧跟随，随时准备取而代之。

高中的学习生活高度紧张，红和蓝的成绩不相上下，两个人暗暗较劲，谁都不肯服输，竞争极为激烈。不过毕竟到了青春期，不堪重负时难免会浮想联翩，两个人都怪命运弄人，在自己的身边安插了一个咬住不放的死对头。

在无数次的竞争中，红的学习成绩其实是略胜一筹的，但是蓝跟得那么紧，似乎随时都会跃居到她的头上来。因此，高考之前红是惴惴不安的，她很怕这最后一搏会被蓝挤落马下，一败涂地。

因为有了这个包袱，红变得心神不宁，连做梦都梦到蓝金榜题名，自己却名落孙山。在噩梦中惊醒过几次以后，父亲看出了端倪，星期天，他让女儿帮他去卖鱼。

红正想换个环境来摆脱那份恐惧的心情，于是欣然应允。

父亲和邻居们一大早就驾着小木船出海了，太阳刚刚出来，大家就赶回来在海滩上卖鱼。红看见父亲窄小粗陋的船舱里有好多的鳗鱼，还有几条鲶鱼，尽管船舱拥挤不堪，鱼儿们还是不忘厮咬追杀，有的鱼已经受了伤，但是仍然恶狠狠地相互攻击。

买鱼的人三三两两地聚到海滩来，一家挨一家地察看，奇怪的是，不久人们就不约而同地聚到父亲的小船旁边，父亲忙乱起来，一会儿的工夫，鱼就卖完了。

回家的路上，红不解地查看仍然等待买主的邻居大叔的小船，那些船舱和父亲的一样拥挤不堪，里面同样满是鳗鱼，不同的是，那里没有厮咬和争斗，没有鲶鱼，只是大多数鳗鱼都已经死去，身体几乎僵硬，难怪买鱼的人不惜花高价也要来到父亲这边——人们起早来海边买鱼，图的就是个新鲜，死鱼和活鱼，当然不可同日而语。

为什么父亲打回的是活鱼，别人打回的却是死鱼呢?

父亲说，秘密就是那些鲶鱼，鳗鱼和鲶鱼生来就是死对头，一见面就要厮咬争斗。在装满鳗鱼的船舱里放入鲶鱼——为了对付鲶鱼的攻击，鳗鱼也就被迫打起精神竭力反攻，这样就保持了鳗鱼的活力，使它们直到上岸仍然是活蹦乱跳的。

红豁然开朗：鳗鱼需要鲶鱼，针尖需要麦芒，无论是在人生的哪一个阶段，人们都需要一个强有力的死对头。

有对手的人生，才会活力绽放，才会异彩纷呈。

卸了心里的这个包袱，红轻装上阵，那一年她如愿以偿，考上了梦寐以求的学校。

留在路上的时光

出了村子，六队大坎、南迪迪、大甩弯、狼洞、半拉背……十二里山路被剪成长短不一的小段，我像一枚玲珑的棋子，从一个营盘飞奔到另一个营盘。每一天，晨曦微露时出发，日薄西山时归巢。

六队大坎有成片的坟茔，这里前不着村后不挨店。小学时，坏坏的男生就说他们在那段路上遇见过没有脚的鬼，还有专门撵小孩子的成群结队的"火球子"——大家心照不宣，这便是鬼火，但不敢轻易说出口，怕鬼听到前来找碴儿。

因此，每次走上这条路我都目视前方心跳如鼓地飞奔，谁叫我也不敢回头。

有一年暑假，我如饥似渴地读完了《福尔摩斯探案全集》，再开学时正是初秋，乡路多植被，晨雾格外浓，小说中那个小牛犊一样高大、嘴里不断滴着鬼火的獒便在我的想象世界里从雾中、从成片的坟茔中一步一步走过来，随时准备做狰狞的恶扑……我瑟缩着不断加快脚步。六队大坎实在是个恐怖的地方，整整三年，每次走到那里我都会被各种想象吓得心胆俱裂，连头发都要竖起来。

南迪迪据说是满语,实质上是更为陡峭的坎。道路在山的尽头有落差极大的上坡下坡。道东侧是茂密的山林,西侧壁立的岩下是汩汩流淌的小河。山林总会传来窸窣的轻响,我总觉得那里有虎视眈眈的眼睛在盯着这条路。最怕自己一个不留神,就被那只悄无声息飞奔而来的巨兽扑倒、撕碎,成为它惨不忍睹的口中食;或是慌乱中跌落在西侧的小河里。

因此,这一段路我仍然要飞跑着走过。

大甩弯多么漫长啊!曾经,这段路是我最为放松的地方。道路两旁多为稻田,也有零星几块玉米地,田里总有劳作的人们,让我暂时放下恐惧的心。路上还会遇见牛车马车,男人赶车,女人坐在车上。见了我们,好心的车老板也会捎我们一程。

可是好景不长,那年春天,我几乎每天都会在大甩弯遇见一个骑着自行车的青年,有时他扛着铁锹,骑着自行车像一阵风冲过来,贴着我的身边飞驰而过。我受了惊吓,急忙跳开,男青年也不回头。我心有余悸,盯着这个冒失鬼,暗暗把他骂一顿。

那人走远,我长出了一口气,继续我的行程,没走多远,身后一凉,骑车的青年再次很炫地从我的身边冲过去,像一阵风一直向前。

我真是怒从心头起,恶向胆边生。这样的情况重复几次之后,我确信我遇见了师长们告诫过的"小流氓"。

连大甩弯也成了恐怖的地方——想到每天早晨都有个男子在暗处守着,这让我不由得战栗。那个男子长着一双小动物一样灵动的大眼睛,有着女孩子都少见的长睫毛和双眼皮,穿肥大的蓝色衣裳,黑色水靴,看起来有些瘦。他算准了我经过这里的时间,是专门针对我的,他是我最大的危险,似乎就是我所有想象之中怪兽的化身。

大甩弯成了我的心病,我甚至连走到六队大坎都不再害怕,因为心里满是对漫长大甩弯的担心与忧愁。

有一天，骑车的男子甚至在与我交错时嬉笑着摸了我的头发，我恨不得把他千刀万剐，但又怕得不行，只能怀着恐惧匆匆躲闪过去，在心里暗暗咒骂他。

那男人成了我的噩梦，他一定看得出我怕他——除了狠狠地瞪他一眼，我不敢说话，更不敢骂他一顿。他每天都在路上等我，且越来越放肆，一个冰冷的早晨，他与我擦身而过时，趁我不注意，竟然摸到了我的脸。

一个十五岁的小女孩的脸！

这让我觉得受了奇耻大辱，我恨不得一拳打死他，恨不得把他撕成碎片，但是我什么都没做，只噙着一泡泪忐忑不安地继续往前走。没过多久那男人又折返过来，仍然贴近我，仍然伸手来摸我的脸，还说，不冷吗？看你冻的。

我忍无可忍，一下子爆发了，眼泪迸发，像疯子一样没头没脑地向那人抓去，一边乱抓一边还破口大骂："臭流氓……"

男人惊呆了，很敏捷地骑车逃开，远远地，见我仍然边哭边骂，回过身来很和气地说，我就是想和你处对象，你不同意就拉倒呗，骂我干什么？

说完，他骑上车子，这回骑得很慢，也没有紧紧贴在我身边，只是不断地回头看我。我不管这些，只是大哭，边哭边骂，哭得浑身颤抖，嘶叫得嗓子都哑了。我的疯狂也许终于起了震慑的作用，男子不再说什么，只是慢慢地骑车前行。见他并没有给我带来想象中的危险，我渐渐平静下来，终于在大甩弯的尽头擦干了眼泪。

男人是在我平静之后才离开我的视线的，自此再也没有故意在清晨在那条路上等过我，而我，觉得自己大获全胜，此后偶尔还会在那条路上遇见他，我总是昂首走过他身边，对他吐一口唾沫，恶狠狠地骂一句："流氓！"那男人再也没和我说过什么，只是眨着眼睛，很无奈地看我。

尽管如此，我还是心有余悸，此生便把大眼睛双眼皮有着长睫毛的男人当成了流氓，再不能改变。

少年时的经历，扭曲的想法——今生，再也拾不起大甩弯那里丢失的足迹。

狼洞那里有触目惊心的大石碴子，那里是漫漫长途的中点，转过去便是人烟袅袅的半拉背。村庄里人欢马叫的声音让人感觉太平而祥和，只有走到这里，我才能真正放松自己。

此后村庄便密集起来，大壕、大营、碱厂……从一个目标到另一个目标，从少年到青春，我脚步稚嫩、急促，时而紧张万分，时而轻松愉快，奔向我的学校、我的未来。

整整三年，我往返在崎岖辗转的山路上，用孱弱与稚拙装点了一程又一程的风景。如今那些幼稚的岁月反倒在记忆里熠熠生辉，那些再也回不来的时光，——留存在上学路上……

那座押着我们青春的城

早晨六点，我像个梦游症患者，迷迷瞪瞪地从家里跑出来，乘上第一班公交车去火车站。

火车站周围许多陌生的脸孔匆匆来了又去了，像极了电影里的蒙太奇——我穿梭在被摇了快镜头的冰冷的人群中，往日的时光一如花颜在眼前绕来绕去，让我兴奋不已。

终于到了售票处，那里只有三五个面孔生硬的人，偶尔有人回首看见我满面笑容，那张脸立刻露出恐惧和疑惑的尴尬神色。而我大方地向他扬了扬眉毛，咧了下嘴，那人立刻吓得抱头鼠窜。

我笑容可掬地来到服务窗口前，售票员向我投来审视的目光，当确信我一切正常后，把火车票和余下的零钱找给我。尽管经过多次涨价，火车票仍然只有三块五毛钱，拿到火车票的那一刻，我几乎笑出声来。

火车一如既往地从容，迟到了十多分钟后，呼啸着威风凛凛地停下来。

我随着稀稀拉拉的旅人爬上火车，因为是短途，不需要对号入座。我看见所有的车厢都空荡荡的，只有几个人随意地坐在各处，于是欣喜若狂地给等在途中的友人打电话。

火车哐当哐当地慢条斯理地徐行。我和好友讲着我们行业中的经典笑话：老师让学生用"况且"造句，一学生说，火车来了，"况且况且……"

然后，我们肆无忌惮地大笑。

一小时四十分钟之后，火车吐出了我们，我和好友像两个顽童，颠着小步急三火四地跑出站台。

那些熟悉的名字呢？电影院，轻工市场，中江冷面店……没过多久我们就在林立的摩天大楼中迷失了方向——当年的轻工市场，已经成了这座城市的商业集散地。

东风桥的中江冷面店只能在记忆中存在了，那些我今生吃过的最好的冷面，在回忆里更加芳香四溢。

旧的校舍还在，尽管已经改了名字。"407"，我们的寝室还是老样子，尽管过了二十年，它仍然年少轻狂，一把锁似乎也锁不住那些四处飞溅的糗事。教室、食堂、琴房、画室、操场……和二十年前一模一样！只是，现在是假期，这里除了打更的陌生老者，再无人迹。

只有我和朋友的喧哗，在叫嚣，在回荡，我的手指习惯性地抚住眼角，那里长满了鱼尾纹。

抚摸过一道又一道的门，二十年的岁月，还有留在此处的青春，原来真的可触可感。

绕过校园，是当年我们最喜欢去的金鱼公园。金鱼公园也叫儿童公园，沿途的小憩园还在，它仍然孩子样的天真而又单纯，对青春靓丽和苍老的面孔一视同仁。还记得十八岁生日那天，我和好友穿了照相人准备的风衣，摆了酷酷的姿势在那里拍照。公园仍然是开放式的，冲进去，那些树粗壮了许多，湖心岛也做了修整，可是，当年我与一群蚂蚁聊过整个下午的小土丘还在，仔细寻觅，仍有蚂蚁在奔波，我试图蹲下去接近它们，肥硕的腰肢一下子挤出一个游泳圈来，高跟鞋的细跟倏地深入土地，让我几乎摔了跟头。

与蚂蚁谈话的准备工作还没做好，我已被一身的肥肉挤得气喘吁吁、眼冒金星，才发现青春真的已离去，很多年。

"滴翠亭"，朋友忽然兴奋地尖叫起来。我急忙冲过去，这座小小的亭子，它怎么保养得那么好？二十年的岁月在它那里竟然没有留下半点痕迹。

记忆像绚烂的泡沫忽然全都飘荡起来，在阳光下发酵。穿梭在硕大城市的稀疏人群中，我和朋友一直在疯疯傻傻地笑，青春岁月里的道具还在，布景还在，只是我们太过匆忙地选择了另外的舞台。青春真的没有走远，它一直在原地等待，是我们走得太快，又不肯回头，才遗失了那一切。

寻了一家小吃部，我们忽然就有了少年时的胃口，捧起一只大碗，用曾经那么不雅的吃相吞下如今已是韩国料理的冷面。

一路拍照，一路回忆，一路笑出了眼泪。

脚下的路渐渐陌生起来，食物辖制了我们孱弱的胃，让它胀痛起来。购物的时候我们一下子变回斤斤计较的沧桑女人，算计着两座城市生活用品的差价时我们又变得成熟老练……直到再次上火车时，我们才像大梦方醒的人似的，默默地回味起来。

不再畅谈，不再叫嚣，我们是两个端庄的妇人。青春只是梦，是我们的前世，今生再不会有机会回到那里。

火车像时针，在时光的轨道上奔走，"况且，况且，况且……"

蒲公英不想飞

不知从什么时候开始，旅游也成了中学生们津津乐道的话题。每一个假期，倘若不能与父母家人去名山大川游玩一番，没有吃到值得炫耀的美食，拿不出千姿百态的旅游照片，这一学期便注定要郁郁寡欢，被时尚的同学踢出好友圈。

因为成绩好，小玉的身边原本围了很多人，但假期归来后，那些人却渐渐向别处站队，相继远离了她，原因就是她家境平平，从未有过旅游度假的安排。无论假期多么漫长，她都只能守在家里帮助父母做事。和她在一起，小伙伴们实在找不到让人激动的关于假期的话题。

都是天真少年，心中都有憧憬——小玉做梦都想飞出山外，去看看外面多姿多彩的世界。

可是，家里有多病的母亲、年幼的妹妹，父亲则整天在田里忙于耕耘，"出去旅游"这种话她怎能说出口？

况且哪一种旅游都需要钱，而旅游的费用，省吃俭用的父母拿不出。

就只能把心事深深埋藏，不让父母知道。

只是，一个人的时候，难免会觉得委屈，怨自己明明生了两只脚，却像一株植物，被拘囿在方寸之地，动身不得。

那天，家里的鹅伸长脖子嘎嘎叫，母亲让小玉去荒野里采摘蒲公英。

已是暮春时节，蒲公英早已凋零了曾经的金黄。荒芜的山坡上，到处是它们高举着的小小绒球，风一吹，那些粉嫩的、细弱通透的茎管便微微颤动，绒球上蒲公英的种子就像轻盈的鸟羽在风中飞起。

原野里风大。风起处，生命的飞舞蔚为壮观。大多数的绒毛都随风而去，有几粒细小的绒毛飞到了小玉的头发上、衣服上，甚至调皮地栖息在她长长的眼睫上——原来，植物也并不是永远的囚徒，它们也有一颗渴望飞翔的心。

那一刻，小玉几乎泪奔，年少的她百感交集：她常把自己比作身微命贱的蒲公英，可是今天她才发现，蒲公英除了拥有一颗想飞的心，还拥有飞翔的翅膀——她连蒲公英都不如。

心灰到了极点，摘下一茎绒球，小玉嘟起嘴巴吹个不停，她要让蒲公英的种子全部飞起来，飞过细草，飞过灌木，飞过山，飞过海，飞过贫瘠与鄙陋，飞到梦想的天堂……

整个下午，小玉都沉浸在对蒲公英种子的遐想之中，她吹散了数不清的蒲公英的种子，那些细小的轻羽如霰雪一样挂满草叶和树枝。

黄昏，父亲来山上接她，小玉的筐里还空空如也。

见小玉执着地想把蒲公英的种子吹到天空，父亲宽容地笑了，他指着挂在灌木上的蒲公英的种子对小玉说，其实，蒲公英不想飞。

"蒲公英只想找到一点点土，从此落地生根，它只想从小茎上轻轻飘落，回归到属于它的土里，可惜风总是很强悍，总想把它带到更远的地方。那些飞得高的、飞得远的，不是挂在树上干瘪、腐烂，就是落入鸟嘴，成为动物们果腹的食物，它们的生命，都是因为这飞舞而走向终结。

"蒲公英不想飞，它们飞起，只是为了找到一块可以降落的土地。"

父亲结束了他对蒲公英的评价，聪明的小玉若有所思，不错，飞舞只是生命一时的状态，扎根才会让生命日益茁壮，如此，又何必为了追逐浪漫的飞舞，而放弃生命里所有的好时光呢？

父女俩很快采了满满一筐蒲公英，回到家里，鸭和鹅伸长了脖颈，欢喜地大肆饕餮，猪在圈里讨好地哼叫，向蒲公英大送媚眼……这一刻，小玉释然了，相比这足以交流生命的欢喜的畜禽，旅游又算得了什么？走马观花又算得了什么？

父亲说得对，蒲公英不想飞，它只想找一块属于自己的哪怕并不肥沃的土地，踏踏实实地扎下根来，毕竟，一粒种子只是沉睡的生命，无论它飞得多高、多远，都无法拥有整个世界。

要想用心看清世界，最重要的就是找到一抔土，生根，长叶，开花，结果……蒲公英不想飞，太多的漂泊，对少年来说，有时反倒会成为一种贻误。

青春不会只有一种色彩

叶子是绿色的，众所周知。

一棵生机勃勃的植物离不开叶子——成千上万的叶子聚集在一起，它们就像生物世界的蝼蚁，每天忙忙碌碌地进行光合作用，保证植物长高、长壮，开花、结果。

一棵树，最繁华便是花绽枝头，或是硕果满枝。注定的，叶子是微不足道的配角，它们不管不顾地生长，就是为了给花朵提供足够的养分，等到花开时做可有可无的陪衬。"好花还需绿叶配"，不错，绿叶的作用，就是用单一的色彩，陪衬花儿们的色彩繁复，娇俏迷人。

青春岁月里，没有人甘当碌碌无为的叶子，谁都想跃上枝头开一朵灿烂无比的花朵。

而我的名字，偏偏就叫叶子。

和所有长在树上的叶子一样，我太平凡，注定要做人生的配角。尽管我一直努力，可是我的学习成绩只能勉强维持在中等，我不高不矮，不胖不瘦，不漂亮也不太丑，总之，我就是个没有特点的人。高中时也曾有几个男生接近我，正当我受宠若惊准备走近他们时，发现他们只是拿我当跳板，目的是为了接近光彩照人花朵一样的我的闺密。

我彻底泄了气，只能顺从长辈的意思，只能逆来顺受——谁让我不够优秀呢。

就这样在压抑与自卑中读完高中，高考结束后，别的同学都忙着去旅游，去交友，去见世面，我却悄悄地待在家里赶一幅十字绣。

绣品名叫花开富贵，是些俗艳的花草，就像平凡的我。我见过成品：姹紫嫣红的花朵在绿叶的陪衬下栩栩如生，仿佛触手可及。我很喜欢那份接近真实的妖娆与明媚，喜欢那些明艳的花朵。

动工了，首先从简单不起眼的叶子绣起。

因为绣布上有精准的图案，只要按图示把不同颜色的线一路绣下去就可以了。像叶子这样简单的东西，估计就是把一大卷绿色的线缝上去就好了，抱着这样一种心态，我最先选的是翠绿色的线，一天后，这些翠绿像血管一样在乱七八糟的图案中蜿蜒蛇行——不错，这生机勃勃的翠绿，是叶子的主色调。

然后是稍稍偏冷的青绿，益发凝重的墨绿，它们在绣布上一路走过，招引着叶子的动态。

但是，三种颜色绣完了，除了或细或粗的针码，还是大片的空白，叶子的形状一点都没看出来。

此后是苍绿，有些泛白的我叫不上名字的绿，旧旧的发黄的绿，然后是新绿、嫩绿、鲜绿、鹅黄……原来，叶子也是个大工程，转眼十几种绣线在绣布上排列成密集的小十字，叶子的形状终于露出了端倪。

绣着绣着，忽然发现图示中竟然有一种黑色的线，叶子怎么会有黑色线呢？莫非搞错了？我反复对照，半信半疑地绣上去，没想到，那些黑融于绿色之中，竟然被绿色所洇染，也变得有了些绿意。

十几种绣线，半个多月的时间。终于，一大片繁茂的叶子呈现在绣布上，它们翠绿妖娆、姿态婉转，层次分明地守着自己的位置。

把绣布挂在墙上，远远望去，风姿绰约的叶子似乎正随风摇摆，正窃窃私语。它们或远或近，或前或后，或高或低，有的直立，有的下垂，有的微微卷曲……真是千态万状，姿态万千。

忽然领悟到，其实叶子并不仅有一种色彩。叶芽也曾娇嫩，萌翻大好春光；叶掌初伸，也曾流光溢彩，翠色诱人；也曾有过病态的烟黄；也曾有过半老的萎靡；甚至，也有过黑暗与阴影……也曾在月下清歌；也曾在雨中轻敲鼓槌……墨绿的优雅，青绿的严峻，军绿的飒爽，翠绿的活泼……就算是黑色，是阴影，也仍然丰富了叶子的色彩，让人感觉它们远近参差，疏密有间，美丽繁复，如此真实。

而我，还有什么权利为叶子感到伤悲？这世界没有两片完全相同的叶子，每片叶子，也绝不仅有单一的色彩。

就像青春。

让我把初恋寄存在你那里

14 岁那年，我像一株吸足了阳光雨露的草般疯长，身高骤然上升到178 厘米，体重也不断刷新纪录，在母亲惊诧的目光中一路飙升，直至长到 70 公斤。

大人们都说，这是因为我从小就是个淘气包，加上能吃能喝胃口好，才提前从细脚伶仃的少年变成了魁梧健壮的大汉。

但身是壮士身，心却仍是少年的心。即将升入初中，别的同学都忙着复习功课，我却仍然游手好闲，不是去网吧，就是扔毛毛虫惹女生尖叫，再就是想各种办法气老师。

我是老师们茶余饭后的传说，是"刺儿头"，是危险人物，没有人喜欢我，我早已习惯了老师的白眼。

暑假过后，经过隆重的"电脑派位"，我进了陌生的初中，一看到班级学生名单我乐坏了——我的另外一名骁将和最好的军师竟然和我分在同一个班，真是天意啊，看来初中生活注定不会寂寞无趣，我们几个喜形于色，憧憬着初中时代的全新生活。

开学那天，班主任带领我们收拾教室，这位不满三十岁的女老师简直弱爆了：不但很少说话，还细声细气的，对我们说话总是一副彬彬有礼的样子，那天，我们都没忍心气她。

她是我们的语文老师，姓刘，刘老师讲课时声音很洪亮，又有激情又幽默风趣，大家都很喜欢她。

当然，我也不会轻易去招惹她，我虽然以气老师为乐，但也是有原则的。

没想到，我的军师还是做了手脚——班会选班长时，我竟然得到了大多数的选票。

刘老师也不计较，郑重其事地把班长的大权交给我。要知道，我从来都是反面典型，成绩一塌糊涂，我拿什么来号令一个班级？

熟悉我的同学已经开始坏笑了，我想辞了这个重任，但小虚荣却蒙住了我的口——做学生的，谁不想当班长？既然她不知道我的过往，那我何不从此改变形象？

我都不知道自己变成了谁，她要求背的课文，我就是不睡觉也要背下来；她还会抽查数学和英语作业，我常常写到半夜，就怕她发现我是个坏学生。

班级里难免会有些事情发生，可是她从不动怒，更不会斥责我们。她常常温柔地叫着我们的名字，让我们陪她到操场边的小树林走走，一边走，一边给我们讲故事——有时是名人，有时就是她的亲戚朋友，反正都是些成长故事。每一名陪她在操场边走过的学生都像被打足了鸡血，会变得激情昂扬，对枯燥乏味的课本充满了征服的欲望。

我大概是陪她去操场次数最多的学生吧，我每天都好像行走在云端，觉得自己像个王子。

从云中摔下来，是期中考试时。不用说，我的成绩仍然很糟糕，我小学基础实在太差了。

刘老师似乎并没有失望，不过，每天放学后她都会静静地坐在教室里陪伴我们，无论是数学还是英语，她都会给我们做无偿的辅导。刘老师就像一眼知识的清泉，她的好源源不断地流向我们的心田，每一天和她在一起的时光，我都觉得很短暂。

转眼间寒假到了，一天夜里，我梦见自己和刘老师在操场上走，我们手牵着手。忽然，天空飘来一场骤雨，那雨是温热的，我仰起头，雨里还有一丝甜甜的味道。

我像一只迷途的羔羊，终于找到了心灵的航向——一种从未有过的幸福与满足感充溢在我的心头，我发现，我已经离不开刘老师了。

起床后，急不可耐地约同学去看她。刘老师家里，她刚满三岁的儿子几乎萌翻了，同学们一片欢声笑语，我却异常失落，怏怏地不想说话。

她就像一枚熟透的果子，甜蜜、艳丽，发出诱人的芳香——我爱上她了，这个大我12岁的成熟女人，她的光环，足以淹没我身边所有的黄毛丫头，让她们变得黯然失色。

我不仅是她的班长，还是她的守护神。

并不是所有的学生都像我这样会力挺一位有些柔弱的女老师，当我听说她上课的另外一个班级有学生捣乱时，我动用了从前的资源，让邻班的班长顶着砖头站了大半个自习课，从此邻班的学生再也不敢在她的课堂上捣蛋撒野。

当然，为这事，她与我谈了很久，直到我认错。

她常常静静坐在教室里陪我们上自习，有她，我就感觉很幸福。

尽管努力学习，我的成绩却不见长进——太多的时候，我在想她，想她温柔慈爱的脸，想她的温言软语，想她那些让我感到新奇的观点，想她提到的各种知识……我爱读书了，因为我能读懂很多；我也爱写作文了，因为我有太多的情感想要倾诉……

她一定也看出了其中的端倪，来开导我了。我们一起在操场上漫步。走在她身边，听她娓娓地讲青春，讲朦胧的情感，我极少说话，假装懵懂，真想就这样一直与她走下去，走下去，嗅着她淡淡的芳香，听她细语呢哝。其实，爱情不需要学习，就像一场骤雨，谁都无法阻挡它的突然造访。

这样劝说了几次，她看起来好像退缩了，这时已是期末，初一的学习生活就要结束了。我听她的话真的在努力学习，希望自己成绩不要太差，不要给她丢脸。

她假期出去学习，我忍受着不与她相见的煎熬，可想而知，这个假期对我来说有多漫长。

然后，我升入初二。

开学那天，讲台上出现的是一副新面孔，我四处去找刘老师。

谁都不告诉我她的去向，我去找校长，校长说，她去很远的地方支教，有一封信留给我。

第一次，我的眼泪滔滔滚滚地流到了信纸上，尽管她看起来不那么强悍，可是我知道她是不会改变的，而且，她为了我已经放弃了原本安逸的工作环境，我还能说什么呢？就让我把初恋寄存在你那里吧，把一切深深埋在心底。

爱就像一道坎，爬过去，就是另外一片天。

青春从此正式开始。

童年，一场难以拥抱的梦

我常想：如果生命是一次又一次的轮回，如果时间和空间真的能够流转，我们是不是有机会在某个空间、某个节点、某个熟悉的梦境、某个特定的场景遇见小时候的那个自己？

此生最大的遗憾，就是没有做过有人疼有人爱的小孩子，没有机会像现在的孩子那样撒娇任性，没有机会天真懵懂到呆萌，没有机会毫无顾忌地敞开心扉走向这个世界，没有机会得到哪怕一点的纵容与宠爱……

从小，就知道父母不喜欢自己，他们总是远远地把我丢在别处，心情不顺的时候也会拿我当出气筒。从小，就努力做事，以此讨好身边的人，只为求得一条生存的缝隙。

五岁的时候，我已经会煮苞米粥，因为个子太小，只能蹲在锅台上。十二印的铁锅巨大无比，在我面前不断咕嘟咕嘟冒泡，我兢兢业业地用一把饭勺在锅里搅动，以防煳锅，同时还要看管好灶里的火。

苞米粥之后是大楂子。煮熟它几乎要用一整天的沸腾，加上没完没了的搅动，没完没了的烧火——我那原本可以疯跑的童年啊，就这样被苞米粥和大碴子煮得稀烂。

后来，我开始替父亲放猪。整个村庄上百头猪聚成一群，它们哼叫、乱咬，肆无忌惮地在沿途随意大小便。与又臭又脏的猪为伍，小小的心已经感受到一种扯不掉的耻辱，因此从来没有勇气像别的放猪娃那样大喊"放猪喽"——我总是低着头走在猪群的前头或是后头，心里满是羞愧与悲哀。一颗娇敏脆弱原本高贵的心，远在童年，就被一群猪践踏在熏天的臭气里，践踏在土里，践踏得面目全非。

再后来，我的任务是放牛。二十几头牛，慢条斯理地打一个九岁的孩子眼前鱼贯走过，我瑟缩着，驱赶它们走过冬天里镜子一样锃亮的河面，有的牛不小心滑倒，巨大的身架磕在冰上，发出沉沉的闷响，我的心不由得痛一下，为那头摔倒又急忙爬起的牛。

寒风刺骨，母亲做的大棉裤也抵不住童年时代极具穿透力的冷。当牛群进了收割后的苞米地，我便飞跑着猫进苞米秆堆里，拱起肩膀，两只生了冻疮的手抄在衣袖里，手指贪婪地揉搓着胳膊肘那里的一丝丝暖。而此时，鼻涕早已流到唇边，用力一吸，鼻腔和脑门彻骨的凉，浑身又是一阵战栗。

小心地看管着我的牛。在牛群走远之前，我要穿过朔风跑向另外一个苞米秆堆……整整五年，四季里我一直与牛为伍。

不会唱歌跳舞，无暇戏水拍球。没有游戏的童年，只有劳作的脚印那么深，在记忆里刻下不愈的划痕。

如果真的有时光隧道，如果我可以遇见小时候的那个自己，我好想抱抱那个孤独无助的小孩，好想替他擦掉冰凉的鼻涕，把我的脸贴在他冻红了的皲裂的小脸上。

好想把他的手放在我的手心，把他冰冷的脚放在我的怀里，用我今生最温情的声音，问问他冷不冷，怕不怕；好想像父亲、母亲那样给他拥抱，给他亲吻，给他温暖，给他所有不该缺失的爱……

生命如果能够简单得如七巧板一般，可以常常给我们一些拼接移位和过渡的机会；生活如果能像鲜榨果汁一样，把不同的经历，不同的苦楚调放到我们那些充满阳光的日子里——我们今天的幸福也许就不会那么值得骄傲，我们所经历的忧伤也许就不会那么椎心泣血。

　　童年，一场难以拥抱的梦。

　　如今，走过所有的泥淖，挣一份还算体面的生活，可是我的童年，却再也回不去了。面对成年世界这个心如刀绞的我，那个能干又倔强的孩子会不会惊慌失措？倘若我从兜里掏出花花绿绿的糖果给他，他会不会挣脱我的怀抱，眼里含着感激却执意拒绝？眼睁睁看着他在那黑白底片的时光里挣扎，瘦小的身影缩短又拉长，就那样沿着苦难的日子一路踽踽独行，把千山万水走过……我心如刀割，如鲠在喉。

　　别了，童年！那艰辛日子里清澈的眼神，是我今生再也无法看到的明亮；那冰冷岁月中手心里的阳光，让我再不曾经历凄楚与忧伤……走过了这么多岁月，时光改变了那个曾经天真顽强的我。躲进记忆的蜗居，我挥挥手却说不出再见，裹紧棉衣，却找不到更多温暖……

一瞬的迷失是一生的歧途

朋友并不是打桌球的高手，但每次玩到最后，赢球的总是他。他人不是很聪明，技术也不比谁好，我们输给他，个个心有不甘，都不服他，为此还曾摆过几种球局，一杆定输赢。

大家谁也不让谁，各展神威，结局总是输赢参半，不相上下——很显然，朋友的球技并不占优势。

只是，与我们不同的是，从第一杆开始，他便有无数的算计、斟酌，球杆的手感、台布的厚度、台前台后不同角度的感觉……每一个细节都被他无限放大，严阵以待。打到中间，倘若遇见情况复杂的球局，朋友更是如履薄冰，不肯轻易动杆，常常台前台后绕来绕去地做出各种姿势来，直到胜券在握时才肯出手。

他这样草木皆兵很让人抓狂。在我们看来，第一杆球有什么好算计的呢？不过是用力一推，把排列整齐的球打散而已，至于那些球会滚到什么位置，与谁相碰撞才能找到最佳角度——那可是连神仙都不知道的事，只能听天由命。

不仅第一杆如此，有时候遇见坏的球局，我们也往往失去耐心，失去信心，不相信自己能力挽狂澜，也不愿意全力拯救，倒像跟谁赌气似的，漫无目标随意一推，至于球会碰到谁，会滚落何处，完全听天由命。

遇见自己感觉无法左右的坏局面时，我们总是无计可施，总是很被动。

朋友则不然。

他的信条是，无论问题多么庞杂，多么高深莫测；无论局面被设置得多么刁钻古怪；无论文字多么佶屈难解……只要用心寻找，总会有那么一个临界点，从这里突破，问题的方向就会改变，繁复的局面就会被打开。

他常常不无遗憾地对我们说，输球，就是因为我们过早地放弃，陷入一瞬的迷失。

一瞬的迷失，往往会改变命运的走向，就像一颗球与另一颗球的忽然邂逅或是擦肩而过。每一种相遇，都可能彻头彻尾地打乱事物原本的位置与方向。

年少轻狂时把朋友的话当成耳旁风，还要取笑他的絮叨，他的拘泥，经年之后才发现，正是因为过早放弃，因为那一瞬的迷失，才让我们一次又一次走向人生的岔路口，歧路崎嶙。

小的时候，如果父母再耐心一点，关爱再多一点，我们的心就不会过早留下一道难愈的伤口，就不会那么无知地打开满是凄风苦雨的门，一头扎入漂泊的人群之中。

读书的时候，如果不放弃努力，再用功一点，也许我们就会进到更好一点的学校，遇见好一些的人生；我们的日子也许就会少一些狂乱，我们的前途也许就会多一丝光芒。

恋爱的时候，如果我们能再为彼此多付出一点，再宽容一点，也许我们的故事就不会有那么多的眼泪与悲怆……

只是那么一小步的错，只是那么一点点的懈怠，生命的方向却在那一瞬间猝然改变，影响了漫漫的一生；只是无意中遇见的一个人，只是偶然间莫名的心动，却让情感的轨迹彻头彻尾地改变。

古英格兰有一首著名的民谣："少了一枚铁钉，掉了一只马掌；掉了一只马掌，丢了一匹战马；丢了一匹战马，败了一场战役；败了一场战役，丢了一个国家。"这是发生在英国理查三世国王身上的故事。理查准备与里奇蒙德决一死战，他让一个马夫去给自己的战马钉马掌，马夫钉到第四个马掌时，差了一个钉子，便偷偷敷衍了事。大战中理查的马忽然掉了一只马掌，国王被失蹄的马掀翻在地，王国随之易主。

一瞬的迷失是一生的歧途，生命那么短，每一寸光阴都值得珍惜。一个铁钉可以改变一个民族的命运，同样，一个人不努力可能就会万劫不复。活着，就该打起十二分的精神，不管陷入怎样的迷局，都不能随便放弃。只要努力，这世界没有打不开的缺口。

青春迷梦里的梵阿玲

黑，瘦，脸上布满粉刺。

秦兰望着镜中的自己，心灰到了土里。

这是一所中等专业学校，集中在这里的是来自乡村的最优秀的初中毕业生。彼时是二十世纪八十年代，考入这所学校，就意味着捧上了铁饭碗，从此可以脱离土地，有一份体面的工作。

只是，再无须像备战中考那样死啃书本，大家反倒不知该怎样学习了。

好在学校很注重培养学生的特长，同学们于是纷纷行动起来，有人买来纸笔，开始研习书法；有人买了画笔画夹，决心做个业余画家；有人买吉他；有人买小提琴……

秦兰是穷人家的孩子，没有钱养活奢侈的爱好，又没有漂亮的容颜可以花枝招展。除了默默地读书写作，秦兰没有别的选择。

书读得多了，心中便长了风情，藏了憧憬，蓄了哀愁。

水一样的心事一浪一浪，漫漶了青涩的岁月。

平凡的日子里还好，心室还能勉强锁紧，最怕对酒当歌时，心中的鸟群总是沿着酒的方向一拥而出。

那是第三个元旦，秦兰已经满十七岁了。在那个狂欢夜，学校食堂安排了丰盛的大餐，准备了足够的啤酒，只有这一天，同学们才可以畅饮，当然，前提是不能喝醉——有老师看着呢。

会餐之后，是一台自编自演的晚会。

晚会上，秦兰朗读自己的诗歌。也许是酒精作祟，念着念着，秦兰心中便涌起一股凉薄来，澎湃的哀伤像天上的雪花，化作眼泪簌簌落下，诗歌在哀叹中滑到水底——她的节目落幕，却只赢得惊诧的眼光和稀稀落落的掌声。

然后，小俊上场了，他原本少言，平凡至极，却拥有一个精致的琴盒。

琴盒打开，小俊小心地拿出一把小提琴——在文艺青年的眼里，那是诗歌里的梵阿玲。

忘记了是怎样一支曲子，只记得瞬间，遍布全身的那种凉，雪花一样，哀哀地消融，与她心尖上的忧伤轻轻厮磨……那一刻秦兰痴了、醉了，在梵阿玲的哀吟中彻底迷失，十七年的岁月缠绕成一颗音符，在小俊的弦上妖娆地舞蹈。

像一只终于找到壳的软体动物，秦兰的眼里、心里全是小俊，全是他沁凉的曲子……心中的鸟群上下翻飞，此时她只有一种念头：人生，得一知己足矣。

元旦之后，进一步研究小俊，秦兰发现他原来住在林海之中——哦，阳光在树叶间穿行，偶尔会蹲下来抚摸细小的花朵。小俊的脸，被阳光温温地捧着，镀着金色的光环。

最好是一片幼林，有一点点荒凉，小俊挺拔得像一棵树，朦胧在温暖的早晨，耳畔有梵阿玲的吟唱在鸟语中翩跹，轻快、温柔，一如在心尖上穿行的风。这时，白裙的秦兰要把头贴近小俊的肩头，诗歌是最瘦的花朵，在两个人的心中大片大片次第开放……

秦兰被自己的想象征服了，第一次，她尝到了失眠的滋味，思绪像脱缰的野马，在小俊、梵阿玲以及远方的树林中往复穿梭。和小俊相守，一起阅读有阳光的早晨，倾听梵阿玲，读诗歌，过平凡却浪漫的生活——这，就是属于自己的最好的未来。

不能再等待了，她要把这一切预订下来。她要牵小俊的手，向浪漫美好的未来奔跑……

小俊似乎也心有灵犀，那个元旦前后，他常常借故敲开秦兰她们寝室的门，只是，小俊太过腼腆，在秦兰的面前总是少言寡语。

但这有什么呢？秦兰第一次如此痴狂地喜欢一个男孩，她要努力去争取。

仍然是诗歌，她相信小俊一定会明白——她把热切的诗歌亲自交到小俊的手中。

等待的过程度日如年，小俊偶尔还会来秦兰的寝室，可是，就像什么也没发生一样，他对秦兰彬彬有礼，就是不提诗歌的事。

两周之后，秦兰终于按捺不住，去问小俊。

小俊嗫嚅，分明是拒绝，说——

读不懂。

无异于一声惊雷，一场骤雨，这一回是扯天扯地的凉，美好的憧憬一下子土崩瓦解，碎了一地。

没有力气叩问缘由，秦兰又想到了镜中的自己：黑，瘦，脸上布满粉刺……忧伤像漫无边际的海，淹没了余下的生活。

躲在被子里流泪时，同寝的姐妹开始了每一晚的八卦，有一个消息让人震惊，原来，小俊之所以常常去她们寝室，是在苦追他们的女班长。

秦兰与女班长，气质和性格真是南辕北辙，就像小俊不是梵阿玲，梵阿玲也不能代表小俊。

秦兰不再哭泣。

只是，这一生，小俊都不会知道，在秦兰的想象世界里，他曾经是一个王子。此后的日子，他总是讪讪地称秦兰"诗人"，即使在毕业纪念册上，还不怀好意地调侃她找一个"妻管严""床头跪"。

小俊没有追到女班长，秦兰也没有成为悍妇。他们在没有交集的空间过并不诗意的生活，若干年后，小俊看秦兰，或许会顺眼一些，秦兰看小俊，也不再为他戴上想象中的光环——青春岁月里那些挨挨挤挤的日子终于被时光丢得老远，此时回首，才发现当初椎心泣血的痛，也不过是因为撞到了不懂我们的人的怀里，不过是因为不小心认错了人。

直线是一种捷径

　　在我教过的学生当中，张林绝对应该归在差生之列：他很乖巧，不淘气，但智商似乎比同龄的孩子低些，思维是直线型的，即使最小的转弯也会成为无法破解的难题，牢牢地把他绊住。

　　对于这名不可救药的差生，我没有过多的要求，他也很有自知之明，初中毕业之后，心甘情愿地去了一家烹饪学校。

　　转眼间十多年过去了，我早已离开三尺讲台，张林那一届学生也已经淡出了我的记忆。没想到前两天去那座沿海城市开会，在一家高级餐馆就餐时，竟然遇见了我当年最为宠爱的学习委员，他已经成了这家餐馆的总经理。看到学生驾轻就熟把餐馆管理得井井有条，我感到很自豪，不由得问起那一届学生的景况来。

　　令人欣慰的是，我当年看中的那些学生大学毕业后大多谋到了不错的职业，稳稳地为自己的事业奠定了基石。我们说起很多当年的好学生，至于那些差生，我实在帮不了他们，不问也罢。

　　话题结束前，学习委员犹豫了一下，有点扭捏地说："老师，您大概还不知道这家餐馆的主人是谁吧？"

我说当然不知道。

"张林啊，就是初中毕业就去读烹饪班的张林。"

我在头脑里搜索了半天，才搜到一张很是大众化的脸孔来，那是个笨笨的，思维只会走直线的家伙——他竟然成了老板，把我的学习委员聘在麾下？

这下我是真的震惊了。

提起张林，学习委员的脸上露出无比崇敬的谦卑神色，他说，这种规模的餐馆，在这座城市，张林开了两家。

我皱了眉陷入回忆：记得他的父母亲朋都不是有钱人，到底是谁为他做了这么大的投资呢？

学习委员说："哪里是别人的支持？他的钱，都是自己挣下的。"

原来，学习委员他们读高中时，张林就从烹饪学校毕业，到一家小餐馆帮厨。因为做事认真，一丝不苟，老板很喜欢这个小伙子，半年后，便鼓励他上灶做了店里的厨师。

张林不是个灵活又善于思考的人，他甚至有些死心眼：别的厨师做菜，凭的是感觉——把油烧到七八成热；适量的淀粉；少许的盐；一小匙糖……张林却一一做了认真的测试：油温到底多少度，什么材料的淀粉，要多少克……所有的材料都要严格按照数量和程序来选择，因此，他做出的菜，永远都保持纯正的口味，永不失败。

张林的厨艺得到了食客的认可，小餐馆生意兴隆，有人便来挖墙脚想高薪聘请张林。那段时间正赶上小餐馆的老板生病住院，思维保守的张林没有因为高薪而离去，反倒倾其所有为他治病。老板很感动，加上自己确实再无力打理生意，便把餐馆兑给了张林。

因为不善变通，刚刚经营餐馆的张林遇到过很多困难，不过他是个一条道跑到黑的人，是个撞了南墙也不回头、撞倒了南墙还要继续往前走的人。他的经营理念就是"走直线"——一切都有具体的数字，有简单明了的程序。按照他的直线思维，很多障碍最终都被破解了。

这世界上最有效的方法往往就是最简单最直接的方法，在张林经营的两家餐馆里，没有模棱两可的"左右""少许""适量"之类的字眼，他用准确的数字和一目了然的程序说话。

仅仅十年，张林就用他的直线思维方式完成了自己的创业神话，如今，当年的优等生反要来为他打工。站在我面前的学习委员深思地说，学了那么多系统的管理理论，有时还真不如一条最简单的数学定理管用。

见我不明就里，他便笑了，说："两点之间，线段最短。"

我领悟，也笑了。看来，有时候走直线真的就是人生的捷径。

做一个兜里揣着煮鸡蛋的孩子

和朋友出去吃饭，就算是满桌的山珍海味，如果有煮鸡蛋，那一定就是我的首选；坐火车也好，户外旅行也好，属于我的小零食，永远都少不了煮鸡蛋。无论看起来多么道貌岸然的包，里面都曾经藏过我的煮鸡蛋。

鸡蛋的做法很多，我爱吃的只有两种：一种是白水煮蛋，一种是清水荷包蛋。白水煮蛋没什么技术含量，有煮蛋专家说，水开后煮八分钟的蛋是极致。我试过，并不觉得好，我喜欢煮得老些的蛋，喜欢那种蛋白稍硬而又富有弹性的口感。清水荷包蛋同样属于小儿科：水半开时，磕破蛋壳，双手一掰，蛋液囫囵投入水中，一会儿的工夫，一朵雪白的"小荷包"从清水中浮起来。同样地，我会把荷包蛋煮得老些，直到蛋黄凝固，蛋白像时光深处富于质感的瓷。

有一只煮鸡蛋揣在兜里，跑起来，暖暖的鸡蛋像鼓槌敲打着冰凉的小肚皮，这种场景一直是我童年的奢望。家里不是没有鸡，可惜粮食不多，鸡们整天东跑西颠地觅食，却仍然食不果腹，饥一顿饱一顿，能活下来就是奇迹，哪还有精力生蛋？就算有几只母鸡拼尽全力生出蛋来，还要指望着鸡蛋换取一家人的买盐钱、孩子买本子铅笔的钱呢。贫困的日子里，鸡蛋就是奢侈品，小孩子，能握一只热乎乎的煮蛋在手中，便得到了特别的关爱和娇宠，心里便会有温暖的梦想次第开出花来。

不是每个孩子都可以拥有足以大快朵颐的煮鸡蛋——像我，作为家中的长女，煮鸡蛋可能会在我的手上停留一下，仅仅停留而已，我的任务是剥去蛋皮，把蛋清蛋黄掰作小块，喂给年幼的弟弟。

我尽量不动声色地吞下口水，假装从来不曾馋涎欲滴。我不知道我的童年是什么时候结束的，母亲生小妹时，我九岁，已经可以代替母亲做家务。每一天，除了用大铁锅煮玉米粥供一家人食用外，还要在灶坑前用砖头垒灶，灶上置小锅，用来煮鸡蛋熬小米粥。小米粥的颜色和蛋黄一样，一会儿就沸腾了，"咕嘟咕嘟"，在火光的映衬下此起彼伏地冒泡，隐约之间，两只红皮鸡蛋若隐若现。小小的我蹲在灶前添柴，柴又粗又硬，我用上膝盖，用上脚，总算把它们折断续在火上，呼啦啦的火苗烤得我小脸通红。有美食在前，有火光温暖，有煮饭的任务因而不必去喂鸡打狗，我幸福地蹲在灶前发呆，直到母亲叫我，或是被父亲呵斥一声，才会猛然醒来，急急地把鸡蛋捞出来放到水瓢里投凉，把小米粥盛到大碗里。

我细心地剥光了蛋皮，看两只白白嫩嫩的蛋静静卧在奶黄色的小米粥里。之后，我狠狠地咽一口唾沫，长出一口气，因为无法控制奔涌而来的口水自责愧作着，小心翼翼地把碗端给母亲。

常常地，母亲会留下大半只鸡蛋，分给两个弟弟，母亲的行动我早已熟谙于心，倔强的我，决不肯露出半点馋意——母亲吃饭的时候，我会带上小妹的尿布去洗，以避免像弟弟那样眼巴巴留在母亲身边。

模糊的记忆中，我似乎也拥有过煮鸡蛋，那时应该很小很小，小到没有记忆，小到不知道一只煮蛋的分量。长大一些，母亲带我们去姑姑家的时候，姑姑也曾煮过蛋。姑姑家孩子多，一群"姑娘蛋子"，我的待遇也就和这些表姐表妹一样，煮蛋根本没有我们的份。

姑姑给小弟煮一个蛋，小弟爱不释手，舍不得把蛋吃掉。兜里揣着一只煮蛋的弟弟，揣着长辈的爱，真是羡煞了我们。小弟吃掉那只蛋之前，我紧紧地跟在小弟身边，觉得他那么萌那么可爱，冥冥中好像小弟天生就是王子，应该享受不一样的待遇，而我们，命里注定要当小女仆，只配掐一块苞米干粮，就着大葱填饱肠胃。

对我来说，鸡蛋带来的不只是口舌之福，还是被呵护、被爱的感觉，是身份和尊严的象征，是对生活、对自己的信心。

经历过歧路崎嶒，我更加深爱这白水煮蛋，把一只温热的煮蛋握在手心里，贴在脸颊上，揣在衣兜里，心中的爱和勇气就会源源不断地涌出来。

谁不曾有过看起来不三不四的青春

二十多年前，闺密红雪、柳晴和我是校园里形影不离的"三人帮"，三个人的饭票通用、衣服通穿，提前践行了共产主义的完美生活。食堂里，倘若我们三人中的一个站在长长的队伍中，就一定是捧着高高一摞的三只饭盒，而且在那人回头张望了几次之后，必然会有另外两个家伙嬉笑着极为厚脸皮地插入队伍里。起初，这种不端的行为还会受到别人的谴责，后来似乎全校的师生都原谅了这三个连体婴儿一样的疯丫头——与其一个人打三份饭，搞得手忙脚乱，耽误更多的时间，不如就让那两个"加塞儿"的家伙帮忙，趁早把那一摞晃人眼睛的饭盒带走算了。

红雪原本是隔壁寝室的，可是离开我们她连觉都睡不好，好在柳晴瘦小温顺，乖得像一只小猫，红雪于是让被褥守空床，抱了个枕头就住到柳晴的床上，一住三四年。这两个住在我上铺的不守纪律的家伙总是把头蒙在被子里，直到大半夜还能听到被子里她们压抑的笑声。

一起翘课去逛街，像不三不四的小太妹心里空荡荡地在街上晃来晃去。最吸引我们眼球的总是那些一无用处却好玩到让人心痒的不值钱的小东西，比如能发出尖锐叫声的塑胶孔雀、细如铁丝的手镯、制作粗糙丑得让人心疼的玩偶……

一起去看电影，在黑暗的电影院里吃零食，偶尔会因疯闹而尖叫。有时，一条手帕擦三个人的眼泪，手帕都能拧出水来，我们年轻的心比手帕还要湿淋淋……

一起去人民浴池洗澡，像孩子那样把自己赤裸裸地投在水泥砌成的大池子里。因为总是去得早，没有别人，淘气的柳晴就想在那里学游泳，可惜没有榜样，四年的时间，游泳该怎样伸展手脚，她一直都没有领悟到。倒是那一池热水洗得我们红光满面，就算是严寒的冬天，三个人顶着濡湿的头发离开浴池，也一定要找家小店买了雪糕边走边吃。路人瑟缩着把自己裹在臃肿的棉衣里，我们的雪糕引来许多惊诧莫名的眼神，年轻的我们不在乎这些，仿佛世界只有我们仨，在冰冷的世界里笑，笑得开心，笑得肆无忌惮……

一起写诗，写老师们看不懂的朦胧诗，那是只有我们三个人知道答案的谜题，常常纠结在一串怪诞的文字里揶揄调笑，闹得不亦乐乎，不知情的同学们就算再着急，也永远找不到诗句里的机关……

红雪最是慵懒，有时就算千呼万唤也不肯从梦乡里走出来。我和柳晴出去时，连老师也会对我们伸出三根手指，同时瞪大了充满疑问的眼睛，询问我们忽然遗失的第三个人在哪里。

柳晴彼时患有严重的偏头痛，常常痛得流泪，有一天，我和红雪终于下了决心，押着柳晴去市里最好最大的医院。结构复杂的医院不久就让三个路痴陷入迷途，经过数位医生、护士的指点之后，我们竟然阴差阳错地进入了一间雪白安静的屋子，那里排着整齐的座椅，像个小小的电影院，又像是教堂或是圣殿。看不到病人，没有来苏水的味道，整个上午，我们就流连在那里，柳晴忘记了头痛，我们在座椅间追逐戏耍，笑语连连……直到二十年后，仍然感觉那一次奇遇是如此不真实，医院大概是离天堂最近的地方吧，我疑心当初我们曾误入的是天堂。因为此后再去那家医院时，我们都留心去找，几经辗转却再也找不到那块圣洁的地方。

一张床住得久了，心灵大概也相通了吧？毕业之前那段时光，两个家伙忽然入了正途，再不肯跟我去疯跑，害得我孤家寡人去北山公园时差点走失。她们却心有灵犀一起背上画夹，打扮成淑女模样去画室学素描。看着她们把石膏大卫画得漆黑一团，我就苦口婆心劝她们放弃，画画那东西是高级人做的事，没有天赋是不行的，可她们执迷不悟，弃我的好心于不顾。

两个月后，红雪情绪低迷，回家找安慰，我爬到柳晴的床上。被窝里，柳晴才向我道出两个人疯狂学素描的缘由——这两个家伙竟然一同暗恋上了最会画画的帅哥。红雪泼辣，围堵了帅哥表达爱意，柳晴温婉，只会躲在帅哥身边暗暗害相思。不过帅哥如过眼的云烟，只闪过昙花一现的美丽。两个人均被帅哥拒绝，同病相怜，少年的友谊却变得更加坚不可摧。

往事那样丰饶，此时想起仍然津津有味。曾经叛逆的我们如今已过了不惑之年，柳晴做了学校里的书记，红雪做了画家老公的经纪人，而我，整天宅在家里，写梦幻文章，我们都过着自己喜欢的阳光灿烂的生活。此时，我们的孩子都到了我们当初的年龄，柳晴对女儿有些怨言，说那孩子不省心，总和不三不四的孩子在一起，风风火火不肯好好学习，一天到晚只知道玩乐。

我们劝柳晴：谁不曾有过看起来不三不四的青春？正是青春岁月里那曾经的花枝摇曳，让我们就算到了垂暮之年，也仍然拥有激情洋溢的回忆。

在阴暗的角落慢慢成长

我的人际关系有些紧张，这种状况大概是从小学二年级开始的。

家境贫寒，父亲总是讷讷无言，他是个体弱又老实的庄稼汉，母亲惯于忍气吞声，是个颔首低眉的家庭妇女。唯一见过世面、善于应酬、性格强悍的是奶奶，可是她老了，已经是古稀老妪，除了大着嗓门训斥我无能的父母之外，就只能反复絮叨回味自己曾经的辉煌。

更重要的是，我那时一点也不符合乖萌可爱的标准：一双大眼睛本该是美丽的，可是三婶说，我的那双眼睛像电影里的女特务，总是骨碌碌地转；厚嘟嘟的嘴唇不够红润，不被当年审美所接受；再加上天生的黝黑的肌肤——当年，我真是一只下里巴人中的丑小鸭。

没有好看如公主服一样的衣裳，没有人见人爱的小脸蛋，没有一个像样的家庭背景……就是这样一个灰头土脸再平凡不过的小女孩，偏偏的，每一次考试都会拿到双百，稳稳地占据着班级第一的位置。

同学们年纪虽小，却已经学会了嫉恨，总想把我拉下第一的宝座；老师和村长以及村委会会计是邻居，村长的女儿是班长，会计的女儿是文艺委员，老师常常向她们的家长炫耀自己对这两个女孩的栽培之功，当然，要是她俩能拿双百，排在班级第一的位置就更有说服力了。可是班级里有一个我，一个不合时宜不招人喜欢的小丫头，我轻而易举得到的好成绩让人眼红又无可奈何，就像路上丑陋的绊脚石，让占尽风头的她们总是摸不到第一的门。所以，她俩一看到我就翻白眼，咬牙切齿。

除了这两个女生，老师还对家境富裕的体育委员宠爱有加，体育委员跟班长和文艺委员结成了班级高层铁血联盟，谁要是得罪了他们中的一个，那他在班级里就别想好好混了。

而我，就是用好成绩彻底得罪了他们仨的那一个。

因此，升入二年级没多久，我的受人欺负的小时代便开始了。

那时候，课间的时间总是那么漫长！一个八九岁的女孩子，每天只能孤零零地站在那里看着叽叽喳喳玩得热火朝天的人群，我的名字像长了青苔，不会被任何同学叫起——同学们都受到了告诫，谁都不许和我一起玩。我整天扫地、擦黑板，赔着笑脸，战战兢兢地巴结每一个人，甚至，我还曾偷偷地把家里的小狗崽偷出来送给我们的体育委员……但是，无论我怎样努力，都无法得到同学们的半点情谊。

每每于期末学校统考时拿了双百，高居榜首时，面对一双双怨毒的眼睛，面对摔打书包或课本的同学，我总是充满愧疚，觉得很对不起那些一年来兢兢业业学习的同学，我和同学们的距离被好成绩远远扯开。

二年级下学期开始，直到整个三年级，班长的手段开始升级，她的亲信们已经不满足于冷淡我不跟我玩，而是放大招要撵我回家了。

下课时，我再傻站着看别人玩时，就会有同学一脸坏笑地跑过来推我一把或是向我身上吐口水，让我猝不及防；上学或是放学路上，体育委员和另外几个男生常常领着一条大黄狗突然从胡同里钻出来，堵住我，挑衅地骂我，吆喝着让狗过来咬我。那狗高大威猛，对着我大声吠叫，做欲扑状，有一次竟然把两只前爪搭上了我的肩头，热乎乎的长舌头几乎贴上了我的脸，尖利的狗牙沾满让人恶心的涎水。我吓得浑身哆嗦，肝胆俱裂，连一句完整的话都说不清了。

我不敢告诉老师，因为他们威胁我说，如果告诉老师，他们就天天来堵我、揍我、让狗咬我。

一想到老师看我时那张冷漠的麻脸，那副拉成八字的嘴角，我也就灰心了。对于老师，我实在没什么信心，不告也罢。

就这样每天上学我都如履薄冰，怕极了那几个男生和围前围后咻咻喘气的恶狗。

有一天，我终于撑不住，跟母亲说，我不想念书了。母亲说，不念书，这辈子就只能种地，拎大饭锅，过穷日子。母亲的话已经让我心生畏惧，父亲听说，绷紧一张黑脸恶狠狠地说：你敢！不念书，我打折你的腿！

父亲的话更让我不寒而栗。

我只好硬着头皮继续读书。

其实，我又何尝舍得离开学校呢？我是那么热爱我的课本！数学也好，语文也罢，只要看过两遍，那些文字便自动跑进我的脑海里，深深地刻写在记忆深处，对课本的痴迷大概就是我永远都能拿到好成绩的秘诀吧？直到现在，我还能背诵许多当初学过的篇章，还清楚地记得书页里灿烂的插图。

还能怎样呢？只能像母亲那样忍气吞声，在小小的脆弱的心里，埋下隐忍的种子。

有时被同学骂得狠了，或者被谁戳疼了脑门，也曾哀哀啜泣过，但好好读书的念头，却再也不曾动摇过。

没人和我玩，就去抓蝴蝶、找蚂蚁，看毛毛虫扭动着肥胖的身子匆匆忙忙地走过，或者看花、看树、看草，在心里默默地与它们交流。我常常一个人沿着墙根寻寻觅觅，当时学校是草房子，屋檐下长着碧绿的青苔，后来发现，每天被同学们踩过无数遍以至于溜光锃亮的地上也有很多别样的生命——长满了针尖大小的、饱满的、泛着绿意的小水泡，用指甲一碾，会发出极为细小的轻响，就像小孩子头上生的虮子。母亲用两个大拇指的指甲一掐，虮子就会发出小小的爆破的脆响——原来大地的皮肤也会生虮子！我和母亲说，母亲不理我。

雨后，檐下还会长出成片的"地碗"，那是直径两毫米左右灰黑色的碗状生物，仔细看去，会发现"碗"里还有细小的籽实。我像发现新大陆一样采了些这种小东西给母亲看。母亲说，"地碗"里的籽实满，预兆这一年的庄稼收成好，否则，就说明这一年要歉收。我的心里充满了敬畏，没想到这小小丑丑的东西竟然有这么强大的功能。

一下课，我就蹲到教室背后的屋檐下给大地掐"虮子"，我的拇指指甲染满了黑绿的污泥。老师和同学们更把我当成异类，但这有什么关系呢？看着成片的"虮子"瘪下去，我很有成就感，觉得自己为大地做了一件好事——大地从此可以挺起脊梁，因为它的后背再不会因为"虮子"的肆虐而痛痒难当。

低洼肮脏的地方长满了稗草和狗尾巴草，它们小小的、丑丑的，可是仍然快活地在风中歌唱。我常常摘一棵狗尾巴草，轻触自己的脸庞，或者摘一片稗草的叶子，迎着风吹出细弱的声响……植物和虫豸成了我童年的玩伴，面对喧嚣的吵闹声，我不再孤单，那些暗暗的快乐越来越多。我邂逅了各种各样的植物，我的朋友开始遍布每一个角落。此后，无论走到哪里，我都会最先发现我的植物朋友们细小的变化，它们长叶、开花、结果……每一种变化都令我惊喜万分——直到成年以后，走在路上时我仍然会被植物牵扯住目光，以至于常常忽略了迎面而来的熟人。

许是看多了卑微低等的生物的缘故吧，我终于接受了自己的卑微，白眼、谩骂、欺侮……再没有什么能打败我，我倔强地像低矮的植物一样在阴暗的角落经风沐雨，慢慢长大。

在年少青涩的日子里

初二那年暑假前下了几场大雨，雨后的天气格外燠热，上午十点就像下了火，在外面走一圈，几乎能把人晒脱一层皮。庄稼们被晒得打蔫，地里的野草却大喜过望，它们抓紧机会拼命生长，想要把玉米大豆挤出被侍弄已久的庄稼地。那时候没有除草剂，农人还生活在冷兵器时代，人们的手里只有磨得锃亮的锄板。

天蒙蒙亮的时候，还不到四点，父母把我从酣睡中揪起来，连水也顾不得喝一口，扛了锄头就往外走。

晨露又湿又重，挂在山草锐利的叶子上。山草像乞丐的乱发横披在阡陌之间，从这条路上走过，先是被露水打湿裤脚，继而被草叶划破脚踝，条状的伤口痛痒难当。

富尔江那时还是一条大江，江水浑浊，又深又急，我每次都是到江畔听到江水奔流的声音才会在紧张与不安中真正醒来，牵了父亲的手蹚过齐腰深的河水，再走不远就到了我家的玉米地。

高高的玉米足以把又瘦又小的我吞没，它们虚张声势地举着剑一样的翠绿的叶子，也就只能伤害到为它们锄草的人。玉米的脚下，三莜菜、灰灰菜、红眼巴……把玉米们团团围住，这些野草野心十足，下决心吸掉地里的营养，即使个头追不上玉米，最起码可以阻止它们结穗长棒。

在玉米地里锄草，周围被玉米捂得密不透风，热；玉米叶子上布满细小的倒刺，脖子、胳膊、腿，裸露的地方全都被划伤，疼；草长得根深蒂固，有时锄头也无能为力，只有弯腰用手拔，草里常常藏着蛇或是蟾蜍，遇见这两种毒物，更惨……我比别人还要多忍受的是过敏，露水打湿衣裤，蹚河，进玉米地，身上便会冒出大片大片的荨麻疹，那种奇痒真的如万蚁钻心，我总是背着父母不停地掉眼泪。因为心疼父母，哭也好，痒也罢，我都忍着，压抑着自己，帮父母把那块地的草锄完。

边锄草边流泪的时候我就想，如果一辈子这样做牛做马地干农活，活着还有什么意义呢？那时候就想到死，想到各种死法，想得很入迷。

原本不想继续念书，准备像所有的乡村女孩那样回家帮父母挣钱养家的我改变了主意：我要逃离这苦役一般的生活。

初三开学不久我就住进了学校的宿舍，我要拼一把，改变不堪的命运，过清闲自在的生活。

由于初二的懈怠，全一册《物理》，第四册《英语》我根本就没学过，只好一边学新课，一边补习旧知识。好在物理老师和英语老师都极为负责，有时这边的英语测试还没结束，那边物理老师的作业已经布置下来，两个人抢着提升我的成绩，抢得几乎发生口角。开始的时候真的感觉应接不暇，但没过多久就适应了，觉得每天大剂量的学习内容还很过瘾。

初二之前，数学一直是我的强项，只因初三的数学老师年龄大些，长得也不好看，动作缓慢得有些邋遢，就不再喜欢数学；化学老师本是一帅哥，不知为何就是看不惯他，常常站在讲台上学他讲课的样子，总是与他作对，因此也不肯"给他"好好学。语文老师对我最好，初二的时候我就是语文科代表，别的作业还行，写作文的时候能拖就拖能赖就赖——反正，老师宠我，不会说我。

和班级里成绩最好的女生成了好友，我俩都是大山沟里出来的孩子，住同一个铺。我们一起去食堂吃饭，课后一起留在教室苦读，虽然大多时候我都是趴在桌子上睡觉。等到半夜，四周鸦雀无声、漆黑一片，好友叫醒我，我跌跌撞撞跟她回宿舍倒头继续睡觉，似乎还没等真的睡着，好友又推醒我，在微茫的晨曦中，我俩嘟嘟囔囔出去背政治，背英语单词。

宿舍刚刚盖好，也不知哪位师傅盘的炕，一烧火，满屋子满走廊的浓烟，呛得人鼻涕一把眼泪一把。地面铺着鸡蛋大的石子，踩在上面硌得脚疼。下铺是火炕，上铺是木板床，上面都铺着蒲草垫子。我的被褥又薄又旧，放在靠墙那一边。有一天放学时我和好友抱着书本往回走，眼见一条红绿相间的蛇在宿舍边晒太阳，被我们惊动后，它回头便向墙缝钻去。我朝操场上打篮球的那几个男生拼命喊，希望他们帮我把这条蛇拽出来，因为，墙的那一侧，正好就是我的床铺。

等将信将疑的男生赶到时，只看见手指粗的一截蛇尾巴，蛇已然安然进洞。那一晚我彻夜未眠，总感觉背后凉冰冰的，似乎那条蛇已爬进我的被窝。

学校的食堂顿顿都是苞米糁子，大师傅站在锅台上用铁锹翻搅，我总觉得他是在熬猪食，只是一直没找到那群肥肥壮壮的猪在哪里。

学校的西侧有个菜园，种了水萝卜还有小葱，水萝卜还没有长到手指粗就被男生拔光了，我和好友趁着夜色去菜园，只能偷一把小葱。那一晚整个教室充斥着辛辣的葱味。

学校的自行车棚与农户相连，眼看着他家园子里的李树开满花，又结出细密的青果，想想李子成熟时我们早已毕业，再没机会溜进去偷采，索性打个提前量，我和好友趁着月色跳过高低错落的桩子，潜到李子树下。借着窗子透出的微光，见他们家里的人正在炕上放被子，挡窗帘，我们捂着狂跳的心胡乱撸了些青涩的李子，又撅了一些结满李子的树枝，收获满满地回了教室。

住宿的同学全都享受了这酸涩的美味，大家吃够了，便玩起游戏来，那一晚李子成了我们的子弹，被我们大把地撒向黑板，撒向墙壁。

同学们都在用功，有大嗓门肆无忌惮地背诵的女生，也有整天曲不离口不是唱歌就是吹口哨的男生，我常常和他们理论，但是并不起作用。有一天受不了他们的喧闹，我去黑板画了一幅漫画想要讽刺一下某同学，结果被讽刺的女生全无察觉，却有另一个男生跳出来与我大吵了一架。望着我漫画里那个大吹喇叭的丑老鼠我莫名其妙，多年以后才知道，那个男生的外号就叫耗子。

男生女生仍然打架，但终于不再像初一初二那样剑拔弩张了。早熟的男生已经懂得讨女孩的欢心——有一天我和好友没吃到晚饭，有一位男生竟然买了一壶冰棍，那时候也买不到什么好吃的，冰棍已经足够奢侈。我和好友舍不得丢掉，直吃得冰清玉洁，浑身发抖，脖子硬邦邦，眼珠都转不动。我们偷了室友的大煎饼拿到教室里吃的时候，男生也会红了脸向我们伸手，赔着笑脸说："给咱点呗！"

星期天也不回家，除了背题、做题，也会放纵一下。那天早上我和好友一人叼着一根麻花在教室门口席地而坐，玩一种叫作"五道"的游戏。从遥远的小城分来，同样没有回家的年轻的体育老师开门进来，一脚踏在我们画在地上的"棋盘"上。看着灰蒙蒙、乱糟糟的教室里，两个小姑娘叼着大麻花，张着全是泥的小黑手，体育老师笑弯了腰。

每天都忙着啃书本，背题，做题。后来听说要加试，我们还要去练习唱歌，去进行体育训练。听课时会睡过去，吃饭时也会。似乎一直处在强迫自己醒来的状态中，但电视剧还是要看的，《血疑》中幸子的命运牵动我们年少的心。每天晚上，我和好友都要四脚并用爬过学校的大铁门，小心跨越上面那些带尖的铁条，去同学家看两集电视剧。当然，为了自己的不珍惜时间，我们回去还要罚自己多看一个小时的书，把浪费的时间补回来。

所有的名额都来自考试选拔，大浪淘沙，一拨又一拨的同学失去了升学的机会，含泪回家。我和好友是考到了最后的为数不多的幸运者：如火的七月，我们在老师的带领下，忐忑着来到小县城参加中考。

中考过后，我仍然去锄草，但身体的痛痒好像轻了许多，真正的痒在心上——我急于看到属于自己的录取通知书，父母已经说过，我没有第二次机会，考上去念书，考不上，回家干活……

那一年我十五岁，就像一枚刚刚成形的果子，青葱、酸涩，透着一股吐不掉的苦味。

第四辑

抚摸那些来自远古的声音

与书为伴的少年时光

借着白昼里最后一丝微光，举着书，把头伸向破败的窗外。鸡吵鹅斗的声音仿佛来自天外，父亲的吆喝，母亲的责骂，连同弟妹的嘈杂……没有什么能打动专心致志的我，没有什么能刺破痴迷阅读的少年那个万花筒里的世界。我只恨白昼太短，不敢有一丝懈怠，只怕收回目光，黑夜就会袭来，那些美妙的文字就会被黑夜全部劫走。

那是个贫穷的，没有电灯的年代，晚饭的时候桌上一灯如豆，为了看到那些字，我总是一边食不甘味地往嘴里扒着饭，一边继续在文字中神游八荒。为此脑门上不知挨了多少次筷子的抽打，手中的书也曾被父亲夺下来摔在地上，我不敢有半点的违拗，因为父亲总是威胁我说：再看，就把书投进灶膛里烧掉。

我是那样执着地喜爱着文字，那些盛放文字的书本当然不能受到半点委屈，我拼命讨好父亲，只希望他放过我的书。

好在父亲只是恫吓，从未把他那句可怕的话付诸行动。相对于文字而言，父亲更喜欢数字，没事的时候他也会研究我的数学书，那些难做的思考题老师从来不讲，父亲却总会告诉我结果。因为没有过程，我不知道父亲的答案是否正确，就努力去运算，等到得出正确答案，父女俩一起开怀地笑。

我的成绩好得无人能比，偶尔捧一本闲书，父亲并不深究。孩子们最爱传看的就是小人书，那小小的连环画册配上短短的一段文字，真是趣味无穷。看小人书是我们少年时代的时尚，总会有家庭富裕的同学书包里装满了小人书。班级里，小人书的拥有者振臂一挥，其他同学全都老老实实地等他分发。小人书瞬间便被同学们抢光了，大家呼啦啦聚成几个小堆，有爬到桌子上的，有半蹲着身子的，有鼻涕悄悄地淌出来几乎流入嘴里的……什么样的形态都有，几个小脑袋挤在一起，津津有味地看小人书。

父母那辈人大多没什么文化，小人书也是他们喜爱的读物。节日里或是农闲时候，一家人围坐在炕上，有人读，有人听。没有小人书的漆黑夜晚，兄弟姊妹挤在一铺炕上，大家轮流讲故事，我常常把小人书上看到的故事讲给父母和弟妹们听。

二叔也是个爱书的人，他的箱子里藏着《林海雪原》，还有好几本《红楼梦》，再就是医书，以及许多撕掉了书皮没头没尾的书。

我不管那些，一一偷来细读。

记得读《林海雪原》的时候我上小学三年级，读到许大马棒和蝴蝶迷那么残忍地杀害了少剑波的姐姐，小小的我几乎被悲哀击垮。那天傍晚外面下着大雪，母亲拉着我去看望奶奶，一路上我一句话也不想说，那份牵扯纠缠的痛，直到今日仍然不敢触动。

四年级的时候开始偷看《红楼梦》，不晓得几本书是有顺序的，只是傻傻地、乱七八糟地看下去。看大观园里的人今天去这里吃一顿，明天去那里闹一气，那简直就是神仙的生活，不明白为什么那个公主样的林黛玉还要哭哭啼啼。王熙凤"毒设相思局"那一段是看过两遍的，似懂非懂中，暗暗地在心里琢磨，原来人世间还有一种东西叫男女之事。

对于书，我是越来越痴迷了，只要有书看，就算天塌下来我都不肯多眨一下眼睛。

以全乡第一名的成绩考入远在十几里外的初中后，我拥有了更多属于自己的读书时间——在行走的途中。十二里的路程，十三岁的女孩要足足行走一个小时才能到学校。每天两个小时的行走让我可以尽情地阅读。乡下的土路上少有车和行人，一本小人书读完，惊喜地发现已走出很远的路途；再读两本，往往正读到精彩处、紧要处，却发现已到了热闹的乡镇，学校已经在眼前了。

又有了很多新同学，也就又有了无数的小人书。平日里一分二分攒下的钱全都送进了供销社，换来满满一只纸壳箱子的小人书，没有新书的时候，就像个富翁那样把书箱子搬出来陶醉一番，温习一遍，心中充满快乐。

十五岁，成了一名师范生，没有为人师表的远大理想，却爱死了学校的图书馆——好多书啊！恨不得做个书虫，从此吃住在这些书里面。

不久就和图书管理员熟识起来，别人每周能借一本书，我却可以借五本。师范毕业时，我连梅里美的学术论著都认真地拜读过。

也常常去书店，捏着手里仅有的一点生活费，心里万分纠结，不过商讨良久，总可以买下几本特价书，或是"五角丛书"。很愿意参加学校的各种比赛，因为得到的奖品会是某本意想不到的书。

往日的同学见面时也常常以书相赠。就连谈恋爱，也常常要以书为红娘。有书的日子，生活到处都是阳光雨露。

直到此时，我仍然离不开文字，离不开书。有了文字的相伴，便有牵念，有惊喜，有辗转反侧的牵扯纠痛……这一生，便永远不会孤独。

抚摸那些来自远古的声音

在我不多的朋友中，有一位热爱文字的痴汉，他不像我们每天放牧着文字的羊群，与文字相依为命，饮着文字的血，吃着文字的肉，却常常埋怨文字让我们手酸臂麻，那薄薄的微命养不肥我们富贵荣华的梦。

在他的眼里，文字是柔弱的婴孩。每一天，他都要细心地把横拉平，把竖抻直；每一天都要擦拭撇捺折等辗转与细微之处的蒙尘。他抚摸细碎的圆点，就像抚摸女儿细柔的胎发；他滑过文字的背景，就像小心打开褓褓的父亲。在他的眼里，每一个文字都是有生命的，它们秉性各异，千姿百态，就像芸芸众生。

我常常惊异地看着文字在他手指拂过之后一一现身，有的调皮、有的娇羞、有的率性、有的刚劲……它们也是列队而来的，队伍未必整齐划一，却出奇地和谐，总是心手相牵，让我想到来自生命深处源源不断的情愫。

没有人，可以像他那样爱到熟谙，爱到相知，在他眼里，文字不是用来看的，他说，文字其实就是一种表示声音、音调的符号。仓颉造字，就是为了把不同的声音记录下来，那么，我们今天当然也可以把文字恢复为声音。

就是这样：在他的世界里，文字既可以倾听，当然也能喁喁细语，他在纸上与文字说话，与文字交心交肺。他苦恋文字，日复一日抚摸那些来自远古的声音。有时，这些奇怪的划痕也会纠缠起来，缠绵起来，剪不断理还乱。每当他搞不懂文字纷纭繁复的心情，他就会静下心来，微闭了眼睛，聆听文字哀哀的泣诉。

他不是文人，也不是书法家。在他眼里，文字原本就在纸上藏着，他只要把掩藏文字的障碍物一缕一缕地取下来，就像秋日里拨开黄叶现出果实。

他是一位撕纸艺术家。起初，他也是用剪刀的，当他的剪纸作品受到万众瞩目，被中外名家争相收藏时，他偏偏扔掉剪刀，用手指来撕纸。只见一张硕大的红纸被他折折撕撕，等到细碎的纸屑纷纷退去，细心地把纸抚平——一句话，一首诗，一阕词……或古朴稚拙，或龙飞凤舞，或柔媚娇俏……行草隶篆，颜筋柳骨，一如被他豢养的鸟儿——文字以各种姿态栖落在纸上，仿佛需要歇息、喘息的正是它们。

不用挥毫泼墨，不用砚台宣纸，他可以在最普通的纸上用手指"大书特书"，撕出一幅翰墨淋漓的"书法"作品。没有人能学得他的手艺，因为，没有人，可以像他那样，对文字倾心，了解。

他不是用手指，而是在用耳朵，用与文字息息相通的心来撕纸。

而我，曾自诩视文字为最爱，此时也用心来仔细谛听，不错，文字是有声音的：纸笺上的龟爬是一种声音，细若蚁足，窸窣作响；宣纸上的独舞是一种声音，微风轻拂，衣带吹响悠远的纸笛；键盘上列队也是一种声音，铿锵玫瑰，错落的是驰骋疆场的马蹄嗒嗒……

就算被拘囿在厚厚的书页里，就像一朵花被遗忘在春天里；

就算被丢弃在囊橐的尘埃里，就像一瓣馨香跌落在凡尘中；

那忧戚的哀叹也还是一种声音。

文字，真的不是用来读，用来写的；
文字是用来抚摸，用来爱，用来倾听的；
就像我们，可以恃宠而骄的妻儿。

诗歌买卖

走在大街上，又听到那首《爱情买卖》。那么娇媚的声音婉转高唱"爱情不是你想卖，想买就能卖"，不觉莞尔：不卖，是因为没给到价吧？

读书的时候，那么多的文章痛斥买卖婚姻，如今，哪一桩爱情走向婚姻，不得做房子车子的大买卖？金钱与爱情，早已成了经济基础与上层建筑，几乎没有人可以把它们分开。

商品经济社会，大家看中的是商业头脑，不懂得买卖之道的人，怎么会经营好自己的人生？人们忙着卖花、卖果、卖收成，卖笑、卖俏、卖前程……既然忙的都是买卖，有繁华处，就有冷落时。

比如诗歌。

诗歌当年"火"的时候，买卖也很兴隆。《夷坚志》记载：东京有一秀才卖诗，有人想买一首，出题目曰"浪花"，且要求以"红"字为韵，秀才脱口而出："一江秋水浸寒空，渔笛无端弄晚风。万里波心谁折得？夕阳影里碎残红。"

如此才思，自然赢得买主叫好，买卖做成。

这样小小的一首绝句，仅仅 28 个字，能卖多少钱呢？

南宋有个叫仇万顷的是个卖诗的专业户。他于闹市置一张桌子，准备了笔墨纸砚，立牌卖诗——每首标价 30 文，停笔磨墨罚钱 15 文。

30 文，平均每个字要得 1 文钱还多些，1 文钱在宋代能买来什么呢？1 文钱，在广东沿海的南恩州可以买 2 只螃蟹；在岭南夏季的水边可以买 1 捧小虾；在杭州观看歌舞的勾栏里，可以喝 1 杯茶。在宋徽宗时的开封，1 文钱可以买到 1 贴治疗咳嗽的成药，也可以买 7 颗蒸枣……

30 文，真是一笔不小的收入。

据说，仇万顷卖诗，还真是买卖兴隆。

一富人家做棺材，要求仇以此作诗，仇疾书道："梓人斫削象纹衫，作就神仙换骨函。储向明窗三百日，这回抽出心也甘。"

一小姐手拿一把扇子，想买一首诗题在自己的扇子上，仇写道："常在佳人掌握中，静待明月动时风。有时半掩佯羞面，微露胭脂一点红。"

有做针线活的妇人也来买他一首诗，以"针线"为题。

有小两口吵架，来买他的诗，以"回心转意"为题。

仇万顷胸藏诗歌无数，取之不尽，用之不竭。凭借这无本的买卖，他的小日子过得有滋有味。

有买卖，就会有强买强卖；有买卖，就会有杀戮。

宋朝的刘希夷是个富有的人，不差钱，因此他的诗不外卖。

可是他舅舅宋之问看好了他那首《代悲白头翁》。"年年岁岁花相似，岁岁年年人不同。"舅舅说，我就看好这两句了，求求你卖给我吧。

刘希夷不是个小气的人，别的，舅舅可以随便拿去，只是这两句，他自己也喜欢得不得了。吟了多少年的诗，才吟出这样的佳句，他怎么肯卖给别人？

无论宋之问使出怎样的招数软磨硬泡，无论出多少钱，那两句诗，刘希夷就是不放手。

不卖，就绑架他，直到他签字画押，卖了此诗为止——有人给宋之问出主意。

可这刘希夷偏是个倔强的汉子，舅舅绑架了他，他更是气不打一处来，嘴里一迭声地拒绝："不卖，不卖，打死我也不卖。"

宋之问这个恨呀，用土袋子狠狠地闷住他的口鼻，歇斯底里地问他："你到底卖不卖？只要你点一下头，就放你一条生路。"

刘希夷至死都没答应，他用生命捍卫了属于自己的诗句。

——这一桩未成的诗歌买卖，实在惨烈了些。

通常的情况是：你不卖，我就偷。

唐朝诗人杨凭是个才子，他的诗很受追捧。表弟总是死乞白赖求割让，他不允，表弟便做"偷儿"。

诗兴来了，杨凭认真推敲，把那些精致的文字一一落实到纸上。

杨凭吟诗吟得投入，表弟偷诗偷得执着。诗句刚刚落定，表弟已顺手牵羊。

因此，在表弟的诗歌里，总是有表哥的诗句——用来点睛。

杨凭生气，有一天他扬声问表弟："'——鹤声飞上天'安在否？"

表弟小心答道："知兄最爱此句，不敢奉偷。"

杨凭稍解怒意："犹可恕也。"

——虽是一笔未成的买卖，倒也是诗坛的一大佳话。

买卖就是这样：有导向，才会有人跟风趋进；有人趋进，才会有买家。

有买家，才会有市场。

如今，有人高价收藏自己根本看不懂的书法、绘画作品，大家把这当成一种投资。这些东西，用于买卖的不过是一种观念而已——有人认可，并且身后领着一大群跟风者，这就是宝贝，否则，就是一文不值的废纸。

诗歌亦如此。

云中谁寄锦书来

　　这世上曾经有一种最温情最幸福的文字，叫作情书。相恋的人可能不曾牵手，不曾拥吻，但文字的红绳却把两颗心紧紧拴住。不管这一场爱恋最终结局如何，那些泛黄的情书都会在某个时刻被小心地展开，与孤独相慰，为相亲相爱的人锦上添花。生活因了这些情书而丰富、厚重，记忆也常常在这些文字中春暖花开。

　　这世上曾经有太多的痴男怨女在情书里迷失，也因为情书的缘故结为相守一生的伴侣。几乎每一封情书都是一首诗，那种欲语还羞的娇媚，那种犹抱琵琶半遮面的风情，在起伏的韵律中像波浪一样涌入渴望爱情的心灵——情书曾承载整个青春的千回百转，整个人生的爱恨情仇。

　　说起来，情书中那些最能表达情感的文字几乎都被古人用尽了，什么"相见时难别亦难""两情若是久长时，又岂在朝朝暮暮"……古人对情的诠释达到如此巅峰之境，他们究竟经历过怎样的情路崎岖呢？

　　纵观唐诗宋词，抒写爱情的篇章比比皆是，尤以宋词为最。在众多华丽的诗词中，以相爱者双方皆文采出众、一唱一和的情书式诗词最让人心旌摇荡，目眩神迷。细细读来，这些诗词真是句句深情、字字珠玑，给人留下无边的想象空间——你很难找到一个完整的故事，它们更像电影中的一个特写镜头、一个精彩片段、一段动人的花絮。像淋漓的水墨画，挥洒之后仍有大片的留白，空阔处，故事就在那些青春岁月里跌宕起伏。爱情像穿花的蝴蝶，我们看不到它完整的身影，只惊鸿一瞥，便于唐风宋雨里给了我们冰山一角，让我们看到文字背后的风花雪月，以及爱和忧伤。

谁曾与诗仙李白共舞红尘？谁曾为大才子苏轼红袖添香？举子崔护宿命里当遇见哪朵桃花开？帅哥元稹曾陷入怎样的情爱滩涂？白衣卿相柳三变曾怎样歧路崎嶇？后主李煜怎会纠结于蔷薇之恋？词人秦观何以会在情感世界里流浪一生……男人的诗词自有万丈豪情，相比之下，女人的诗词就更多了刻骨的柔情，诗词之中，爱情一直是女人的主旋律，包含着幸福、慰藉，甚至生命的真义。为了爱情，歌女严蕊不畏酷刑，"莫问奴归处"；步非烟大呼"生得相亲，死亦何恨"，然后慷慨赴死。李清照"凄凄惨惨凄凄"的哀伤，朱淑真"娇痴不怕人猜，和衣睡倒人怀"的狷狂，张玉娘"抚弦处断肠几回心"的忠贞……那些风华绝代的佳人沉迷于爱恋时的九曲回肠，对心上人缱绻的情意，以及求之不得的失意彷徨穿过历史的风尘一路走到我们的心坎上。爱情在诗词情书中辗转缠绵，从古走到今。

背景与风俗，人心与世风，阻滞与抗争，爱与恨，情与缘……历史就是一条陂陀的斜径，有爱的人，一个个鱼贯而来……

"云中谁寄锦书来，雁字回时，月满西楼。"从风中，从云中，从鹊桥的那一端，爱人的诗词满载缠绵的情意，满载浓浓的相思，轻轻地，躺在纤纤素手中——多希望今生还能收到这样一阕词，彩笺也好，尺素也罢——用唐诗宋词装点过的爱情，多半能收获喜人的果实。

白丁眼里的"道"

　　李聃，春秋时期楚国人，道教的祖师爷，就是传说中的太上老君，他高高地居住在三十三天之上的兜率宫里——比玉皇大帝住得还要高。

　　他之所以这样法力无边、至高无上，就是因为他写过一本洋洋五千字的奇书——《道德经》，这本道家学派和道教的经典之作由于成书年代极其久远，中间经历了连篇累牍的解说和注释，结果对于它的解读众说纷纭，莫衷一是。因此，在成人的印象中，它深奥难懂，远离我们的生活。可惜这样一本可以修身、齐家、治国、平天下的治世奇书，竟然成了葵花宝典，似乎没有一定的内功修为，就难以问津。

　　这实在是有悖于老子的初衷。

　　道家崇尚简单、自然。道家的经典之作，当然需要简单、自然地直接切入，而绝不需要借助自古以来汗牛塞屋的解释、说明。

　　更何况，传说中这洋洋五千言的《道德经》是老子二百岁时出函谷关，关主尹喜强逼他所著，老子一气呵成，既没有分什么章节，也没有用我们这个时代的标点符号。这样看来，我们现在读《道德经》，完全可以去掉眼前的章节、标点，忘掉世人对老子哲学思想是唯物还是唯心的争议，忘掉来自宗教的神秘和玄虚，以一个白丁的心识来理解、接纳，并走进《道德经》。

"道"是什么？老子说："道可道，非常道；名可名，非常名。""道"是无法用语言表达清楚的，因此也是无法命名的。"道"就是山川大地，江河湖海，死寂的空间和活泼的生命；"道"就是茫茫宇宙，就是物体遵循一定的规律从一种状态到另一种状态——新生是一种状态，腐朽是另一种状态，但生就预示着死，腐朽也孕育着新生，世间万物就是这样周而复始地循环往复，这其中的状态、其间的规律就是"道"。

有人说，老子的《道德经》中充满了回到"小国寡民"的消极思想，这完全是一种谬误！

通读《道德经》，心里充溢的是一种囊括宇宙的通透感，一种运筹帷幄、决胜千里的激情。在老子的眼里，宇宙小于人的心灵，它圆圆融融就在人的心中。老子之所以以"小国寡民"为例，不过是说明一切要遵循自然规律，也就是"道"。"小国寡民"正是泱泱大国的起始阶段，老子所谓回到"小国寡民"，无非是说明治国也要顺应"道"。就像老子反复强调人要"复归于婴儿"一样，他强调的是一种状态，是让我们回归到事物的本质，事情的起始阶段，从而理清事物发展的头绪。

回到"小国寡民"也好，"复归于婴儿"也好，这种顺其自然的观念是"道"的一种追求。这是一种大智慧，也是积极的、主动的。只有顺应自然规律，才能把宇宙纳入胸中，从而真正掌控宇宙万物。这样一种积极的、科学的思想，竟然在其传承过程中被认为是消极的，这就是阅读者和解释者的偏颇——他们根本没有理解"道"的含义，而是断章取义，用现代人的狭隘来界定《道德经》那种虚怀若谷，那种婴儿一般纯净而最具张力的、积极的思想体系。

即使后来的道教，对"道"的理解也失之肤浅、执着、过于玄虚。他们注重修"道"的结果，而忽略了"道"其实是一种过程。按照老子的思想体系，"道"涵盖一切，它是一种"无"的状态，什么都没有，正是万物的起始阶段；然后是"有"，万物开始孕育、衍生，这正如人或者其他动物的来源，胎儿之前是精子和卵子，那么精子和卵子之前呢？甚至于再往前推衍一下，不也是一种"无"的状态吗？"无"，然后是"有"，"无，名万物之始。有，名万物之母"。人是按照这种规律来到世上的，也应该按照这种规律认识、顺应世界，这样才能促进世界向前发展。所以老子说："常无，欲以观其妙，常有，欲以观其徼。此两者同出而异名，同谓之玄，玄之又玄，众妙之门。"这里的"玄"，是指玄妙，事物的精妙之所在，并不是玄虚的意思。

进入"道"的境界，恍如置身天地之间，头上有日月星辰斗转星移，脚下是山川大地沧海桑田，绵绵不绝的思绪是一种"无"，却源远流长，充塞于天地之间。

传说中老子是在二百岁时离开函谷关后不知所踪的，据说是"得道成仙"了。有没有人可以"得道"以至"成仙"呢？

有。

让我们来看看"宇宙"二字："宇"中的"于"是从过去到现在，到未来，代表时间维度；"宙"中的"由"是由此及彼，指的是空间维度。在时空维度中，一定会有一个交点，就是时空交错、运转的枢纽，如果找到它，就可以不受时空的限制，穿梭在过去、现在和未来之间，穿越生和死，任意改变自己的状态……找到这个点的人，就是我们所谓的"成仙"之人。

而"道"，就是主宰宇宙的规律，就是通向这一交点的通道，真正能够悟透"道"的精髓，也就完全掌握了宇宙，掌握了自己。当然了，其实这种说法完全不合乎"道"的逻辑，纯属世人的贪婪。因为"道可道，非常道"，能让人找到的枢纽，早已远离了"道"。

诗词里的春风

　　裹紧大衣，系好围巾，每一天的清晨，匆匆行走在上班的路上。天总是干冷干冷的，雪还没有化尽，所有被阳光忽略的地方，脏兮兮的雪仍然雄霸一方，面目狰狞。风像铁制的刷子，刮在脸上划得肌肤隐隐作痛——我一直笃信，这仍然是冬天肃杀的北风。

　　朋友却雀跃着说，天快暖了，春风起了，春天快来了。

　　我四处张望：裹挟在尘霾里的树没有一星儿醒来的新芽，皲裂的枝条没有一点儿水润的痕迹。不是说"十里春风，二分明月，蕊仙飞下琼楼"吗？没有春花，没有春草，更别说蜂蝶与燕子了。"律回岁晚冰霜少，春到人间草木知。"连草木都睡着呢，在这个阴暗冰冷的世界里，哪里有一点春的消息？

　　朋友却执拗地说，春天的确来了，那整日整日疯狂炫舞刮来刮去的，就是春风。

　　怎么会呢？春风，应该是缱绻的、温存的，带着柔情的吧？不是说"吹面不寒杨柳风"吗？她来的时候，应该安静、温情、带着阳光的暖，带着大地的爱，"随风潜入夜，润物细无声"；应该像婴儿的襁褓对所有的生灵呵护备至，又像少女的裙裾，款款送出花朵，送出一缕暗香，"春风如贵客，一到便繁华"。

她来，应该是喜悦的、干净的、光明的，"东风好作阳和使，逢草逢花报发生"。她来，应该是娴静的、甜蜜的、氤氲的，"春风骋巧如剪刀，先裁杨柳后杏桃"。她来，冻僵的心就会缓缓苏醒，想起爱，想起青春，想起所有温软的往事，想起丢失已久的博大温存的怀抱，"夜月一帘幽梦，春风十里柔情"。

她是恩泽，"雨洗青山净，春蒸大野融"。她来，万物萌发，生命蓬勃。她不该是"羌笛何须怨杨柳，春风不度玉门关"，没有皇恩如春天般温暖，没有来自朝堂的春风化雨泽被苍生，王之涣的戍边诗也就悲怆苍凉，凄苦难言——冻僵的心无法走进春天。

她是最接近禅意的静宁氛围，是唐人李华"芳树无人花自落，春山一路鸟空啼"中默默摘下花瓣的那一缕，轻轻推送鸟鸣的那一羽；是"春风伴舞雩，流月照芙蕖"的空灵与了悟。

她是谆语谆谆醍醐灌顶。宋代朱熹《伊洛渊源录》卷四云："朱公掞见明道于汝州，逾月而归。语人曰：'光庭在春风中坐了一月。'"朱光庭是理学大师程颢的弟子，他在汝州听程颢讲学，如痴如狂，听了一个多月才回家，回家逢人便夸老师讲学的精妙，如沐春风。

她是绽放在脸上的无法掩藏的惊喜。"春风得意马蹄疾，一日看尽长安花"，好运气扑面而来，从此可以别开生面、风云际会、龙腾虎跃一番了；"春风得意归来好，衣锦联镳入故乡"，功成名就，荣归故里，人生得意须尽欢。

她是如花美眷。"云想衣裳花想容，春风拂槛露华浓"，云霞是她的衣裳，花儿是她的容颜，春风吹拂阑干，承露的花儿更加娇艳。

她是欢爱，是浓情蜜意，是写不尽的艳曲春词……

云在轻轻游走，水在微微荡漾，草把大地染作鹅黄……春风抚着花琴，弹奏着抒情的序曲——生命将有一场盛宴要去赶赴，我和你，将有一场惊艳绝伦的邂逅！

那些已过时的老规矩

从小，我就不喜欢奶奶。

都说隔代人疼孙子，会一直疼到骨子里，爷爷奶奶带孩子会把孩子宠上天。我也是爷爷奶奶带大的，可是，这种被溺爱的荣幸我却一点都没感受到。尤其是奶奶，她对我那么苛刻，总是拿她的老规矩来收拾我，我对她真是又恨又怕。

就说吃饭吧，别人家的孩子多任性呀，想怎样就怎样，只有我，歪在床上吃不行，一边看书一边吃不行，吃饭时吧嗒嘴不行，喝汤时发出声音不行，夹菜时挑拣一下也不行……这也不行那也不行。很小的时候，我就被奶奶逼着在餐桌前正襟危坐，那时我曾以哭闹和绝食来表示抗议，可是这种绝招用在奶奶身上根本不管用，狠心的奶奶一直坚守她的老规矩，还跟爸爸妈妈说，不吃，就让他饿着，饿了就学乖了。

肚皮一倒戈，我只能选择投降。我饿得心慌意乱，只能老老实实回到餐桌上，奶奶强调说，饿了也不能狼吞虎咽，我在奶奶的监督下有板有眼地吃饭，心里满满的都是对奶奶的怨恨。

那时我刚刚上小学，有一天放学回家，发现奶奶不在家，我乐坏了，把奶奶的规矩一股脑丢开，随手扔了书包，一屁股坐在沙发上，舒服地叉开两条腿，两只脚蹬着茶几，然后瘫下上身去摸遥控器——不怪网上流行葛优瘫，这真是个舒服又惬意的姿势。我正沉浸在自由放松的快乐中，一边吃零食一边随着电视情节大声地笑，不知什么时候奶奶回来了，看到我的样子，她老人家就像看到了什么鬼，惊讶、痛心疾首，然后就开始用她的唠叨教训起我来。

我老老实实按老规矩站着，听奶奶的谆谆教诲：从她的某一位亲人言谈举止与人生成败的案例谈到我未来五十年的发展的可能性分析……直到我点头承认我这样做是在自毁人生，并且保证以后绝不再犯，她才停止了让人讨厌的说教——有这样的奶奶真是平添了无尽的烦恼，要是奶奶可以换，那该多好啊。

但是奶奶就是奶奶，辈分高人又老，顽固不化。爸妈都得听她的，爸爸是个绅士，是奶奶的老规矩的践行者。我只能跟妈妈抱怨，说奶奶在拿老规矩毒害少年儿童，让我失掉了童真和快乐，可惜妈妈也不肯站在我这边，却跟我说：奶奶是为你好，你长大了就知道。

升入高中后，奶奶的老规矩已经完全套在了我身上，我知道在生命的途程中有许多看似随意的事是不能做的，有许多光怪陆离的路是不能走的，有许多藩篱是不可以逾越的……在奶奶的严格管束下，我没有令人炫目的诸多选择，只能沿着一条笔直的通途身不由己地前行。

直到我参加工作的时候，才终于理解了奶奶。那一天去面试的人很多，无论从毕业学校还是工作经验上来说，我都不占优势，但最后被录用的却是我。报到那天，给我面试的上司对我说，他们看中的，是我言谈举止有规矩，他们说，能够恪守老规矩的孩子，一定是个有准则懂事理的人，一定会成为优秀员工。

长大了才知道，奶奶恪守的那些我们看来早已过时的老规矩都是中华民族源远流长的文明礼仪，是我们不该忘记的乡愁。有了"奶奶们"

的执着坚守，朴素的民风民俗，博大精深的传统文化才得以传承并被不断发扬光大。

　　长大了才知道，有一种爱，更博大，更广远，更有内涵……

与书为伴

我爱读书。

小时候家贫，连纸片都难得一见，倘若遇见带了片言只语的纸，我是一定会处心积虑地把它搞到手，然后细心研读的，那些残缺的字句总会带给我无限的遐想与牵念。

用元枣子、山里红之类的野果换得同学一本残缺不全的大书，那还是小学三年级的事，寸把厚的一本书，读来实在有趣，实在过瘾。三年级，我大概只识得一千个汉字吧，尽管有很多字不认识，却也读懂了许多故事，并且直到此时仍记忆深刻。长大后才知道，这本有着"蒋兴哥重会珍珠衫"之类故事的旧书就是冯梦龙编纂的《警世明言》，里面充斥着色情描写及轮回报应之类的封建思想，是完全不适合小孩子读的。不过以我的亲身经历来说，我觉得一本书是不会染黄一个本性天真的孩子的——在乡下，能找到几本这样的通俗读物已经不错了，哪里有小孩子可读的书？况且读书又不是碰炸弹，原本没有想象中的那诸多危险。

差不多是同样的机缘，四年级时，我读到了《红楼梦》，也是一套残书，许多书页都被叔叔伯伯们扯去卷了又臭又辣的纸烟。我小心翼翼地把书藏好，抚平烟黄旧页的折痕，生涩的文言总是让我一头雾水，我读得艰难，却决不肯放弃。能读到厚厚的一套书，对于年少的我来说，是一件多么奢侈的事！

以后不断想方设法找书来读，不管日子过得如何，有书看，世界就是清明的，人生就是快乐的。直到现在，很多别人不稀罕读的小报内刊，甚至盗版书，我都会适时浏览一下，有时还会徒劳地标注或是更改盗版书上的错别字。

如今，用汗牛塞屋来比喻我周围铺天盖地的书一点都不为过，这让我很是兴奋。书多了，不能读尽，就要有所选择。精明的国人说过，有些书，读来只能浪费时间。目前许多知名人士都会以一副居高临下的姿态为年轻人列出一串串"必读书目"，仿佛只有读过这些书，才会变得有学问、有身份。那些想走捷径的年轻人也就常常口若悬河大谈这些书里的经典句子，因为大家达成共识，读过这些书的人便可以以此炫耀自己的学问。

有选择地读书毕竟是功利的，不能体现人书合一的那种交融。在浩如烟海的书中，我一直以为，阅读也是讲究缘分的：某一时刻，忽然邂逅的文字牵引了一双饥渴的眼睛，阅读的人听到了文字或哀婉或激昂的歌声，于是人对着文字怦然心动，就像遇见一场短暂的恋爱，彼此钟情，身心投入。

相比阅读那些正襟危坐、身份高贵的被推荐的书目，我更喜欢漫无目的、天马行空地读书，喜欢在茫茫书海中因为偶遇而一见钟情，无论是言情、武侠、穿越……还是杂文、随笔、诗歌、美文，遇见了，就要浏览一下，再打量一下，倘若深得我心，还要一读再读……有书陪我，这一生，都不会寂寞。

天知地知，你知我知

有时是月黑风高之夜，蒙面的强盗杀人越货。望着惨死在自己刀下的人，强盗总是狰狞地坏笑，"哼，天知地知，你知我知"。坏人暗自得意，觉得这事做得干净，一定可以逃过法律的制裁。

强盗扬长而去，受害人沉冤海底。真理被践踏，真相被掩埋，而这一切都是因为这八个字，"天知地知，你知我知"——它们就像万恶的魔头，毫无原则地包庇了肮脏与邪恶。

有时是和平宁静的日子，阴险的狼遇见狡猾的狈，于是狼狈为奸，一句"天知地知，你知我知"便是他们作恶的约定。他们会搅起滔天的浊浪和污水，纯洁被玷污，善良被驱逐，"邪"压过了"正"——只是因为这"天""地"和"你"一样，愿意与"我"沆瀣一气。

也有时，就在朋友和姐妹之间，不小心外泄了小隐私、小秘密，这时，一定要以"天知地知，你知我知"郑重为诺。可惜这么身微力薄的八个字根本无法抵御好奇心以及另外一份友情的诱惑，其结果往往是：天知地知，你知我知大家知。

强盗的嚣张，狼与狈的作恶，亲情友情的背叛……"天知地知，你知我知"这八个字一直令我很是不屑，每次与它们不期而遇，我都会因想象之中暗室欺心的伎俩和诺言背后的龌龊与无耻作呕。

可是最近，忽然发现这些字其实不是我们想象的那样，常见的所有这些用法都不是这八个字的本意。

这几个字其实是有来历的。

据说，山东省的昌邑（今金乡县）有个"四知台"，是后人为纪念东汉时东莱太守杨震而建成的。所谓"四知"便是"天知，地知，你知，我知"。

杨震幼时好学，博学多才，人称"关西孔子"。他五十岁才开始做官，为人清正廉洁，公而忘私。

杨震任东莱太守时，有一次因公路过昌邑，县令王密是杨震任荆州刺史时举荐的官员，一听说杨震来了，晚上就去谒见。

王密偷偷带去一百两黄金要送给杨震，一是为了报答杨震的举荐之恩，二是想得到老上司更多的关照，可是没想到杨竟断然拒绝：

"我非常了解你的能力，所以当年才举荐你任县令，但你怎么一点都不了解我呢？"

王密听了杨震的话，以为他害怕别人知道所以不敢接受，忙说："恩师不必担心，我特意晚上来，这件事不会有人知道的。"

杨震却严肃地说："天知地知，你知我知，怎能说不会有人知道呢？"

杨震的话掷地有声，王密羞愧难当，只好带着他的金子无趣地离去。

原来，杨震所说的"天"，是朗朗乾坤的天，杨震所说的"地"，是浩然正气的地，"天"和"地"不会对罪恶视而不见，更不会与罪恶同流合污，它们都是最好的见证者！

人在做，天在看，抬头三尺有神明，一个正直的人，又怎能做那暗室欺心的事？

从什么时候开始，我们丢掉了对"天"与"地"，对正义与正气的信仰与敬畏，"天知地知，你知我知"，这原本正气凛然的宣言竟变成如今的狼狈与苟且的托词？

曾经铿锵有力的正义之声沉湮在历史烟黄的旧页中，被谁窃了最初的真髓？如今，"天知地知，你知我知"这八个字早已被抽筋剥骨，软塌塌地贴在今天那些阴险谄媚的嘴脸上，被当作遮羞布。如果文字有知，大概早已恨得悬梁自尽了。

悲情五虎将

费无忌与鄢将师、郤宛、囊瓦、伍奢是楚国的"五虎将"，楚国依仗他们逐渐拥有了霸主地位，因此他们都是权倾朝野的重臣。

是臣子就有不同的职位，就有不同的权力级别。囊瓦等大将带兵打仗，伍奢和费无忌则一同去了"皇太子专修学院"给太子做老师，伍奢是太傅，相当于校长，费无忌是少傅，是副校长兼老师。太傅比少傅官大半级，这让费无忌的心里很不平衡，加上伍奢耿直，又很热爱自己的教育事业，得到了太子建的器重。费无忌感到十分别扭，而且他压根儿就不想做太子的"灵魂工程师"，所以他一直伺机而动，希望有朝一日能离开这里寻一个更好的职位。

机会说来就来了，楚平王要给太子建选秦女为妻搞政治联姻，一般情况下，政治联姻所选的女子大多不过中人之姿，全靠身份与地位做纽带，这是皇家的平常事。这一次由费无忌负责给太子接新娘，费无忌先替太子把新娘相看了一下，这一看不要紧，费无忌简直惊为天人，这新娘长得国色天姿，实在太漂亮了。老谋深算的费无忌立刻明白自己手里已经拿到了一张好牌，如何打好这张牌将关系到自己今后的官运和命运的走向，他可没敢把那股兴奋劲儿表现出来，仍然面沉似水，心里却波澜壮阔，早已打定了主意。

费无忌把大队人马留在路上，他快马加鞭抄近路去见楚平王。新娘子的美丽被极善言辞的费无忌形容得淋漓尽致，直说得楚平王色心大起，欲眼灼灼。最善于察言观色的费无忌早已猜透了楚平王的心思，于是假装很担心地说，新娘貌美，只是给太子恐怕不合适。

"当然不合适了，我自己留下来才最合适。"楚平王是这么想的，他却没这么说。倒是费无忌从老师的角度语重心长地说太子应该以江山社稷为重，不该娶个漂亮老婆儿女情长荒废了学业云云。冠冕堂皇的理由让二人一拍即合，为了太子的大好前途着想，楚平王这个当老爸的只好自我牺牲，亲自娶了儿子的漂亮媳妇，过后又选了一个仅有中人之姿的女子嫁给了太子。

楚平王娶了漂亮的秦女，如鱼得水，夜夜笙歌。他可没忘了懂他心思办事得力的费无忌，于是给他升了官，将他留在自己身边。

费无忌的官职终于高过了伍奢，这让他得意了一段时间，但是还有隐忧：楚平王百年之后，江山就要传到太子手里，到那时，伍奢又将踩到自己头上不说，怕只怕连太子也不能容他。干脆，一不做二不休，自己想上天堂，就得让别人下地狱。

一有机会，费无忌就向楚平王进谗言，什么太子闷闷不乐了，太子埋怨父亲偷娶了他的媳妇等等。楚平王起初只是有些烦恼——毕竟有些心虚，时间久了，类似的话听得多了，加上他最宠爱的秦女又给他生了儿子轸，楚平王就找了个借口废了太子建，让他去城父守边疆。

这样过了一段时间，费无忌还是放心不下，因为他听说伍奢的两个儿子有勇有谋，由他们来辅佐从前的太子，说不定太子羽翼丰满后还会杀回来做国王，他必须为自己铲除后患才行。

有一天，费无忌向楚平王报告说，伍奢派两个儿子在外面招兵买马，与邻国联系密切，意欲拥立太子返回朝廷。

这还了得？楚平王立刻派人去绑了伍奢，让他马上把两个儿子叫回来，以表达对楚王的忠心。伍奢的长子憨厚孝顺，叫伍尚，次子极有谋略，叫伍员，就是史上有名的伍子胥。伍子胥看透了楚平王想要斩草除根的伎俩，和太子建一起逃去了郑国。楚平王只能先杀了伍奢和伍尚。

几乎杀掉了伍奢一家，逼走了太子，后来太子又被杀于郑国，费无忌终于可以高枕无忧了，可是他还来不及喘口气，回过头来发现身边还有三员虎视眈眈的猛将，他们个个重权在握，看起来可比自己风光多了。

费无忌很不爽：得想个办法收拾他们一下才好。

费无忌仔细观察，发现郤宛和囊瓦都极有君子风度，互相尊重却极少往来，而鄢将师则勇猛有余谋略不足，很容易被利用。

费无忌仔细斟酌，终于想到了一个好主意。

这天，费无忌对囊瓦说，令尹大人，郤宛大夫想请您赏脸去他家喝酒，您一定要给他这个面子啊。

囊瓦爽快地答应了，说，郤宛是个君子，他请我，我一定去。

费无忌跑去对郤宛说，囊瓦大夫想来你家喝酒加深感情，你可得好好准备一下啊。

郤宛笑了，说，我出身卑贱，职位又低，令尹大人来我家喝酒，我得给他准备一份礼物啊，也不知道令尹大人喜欢什么，还请费大人多多指教。

费无忌就等他这句话了，他假装想了想，说令尹大人长年在外征战，最喜欢的当然就是盔甲武器了，不如你把最好的盔甲拿出来让士兵穿戴好，再拿出最好的武器，令尹大人看了必然要问，这样你就可以名正言顺地把这些东西送给他了。

郤宛听了非常高兴，不停地道谢。

到了准备喝酒的那一天，费无忌偷偷去了郤宛的府上，果见甲兵全副武装站在门口，他便慌慌张张地跑到囊瓦那里，上气不接下气地说："都是我该死，没看透郤宛的狼子野心，差点害了令尹大人——情势危急啊，郤宛的府上全是甲兵，我听说他收受了吴国的贿赂，要想拿大人的头来敬献给吴国的国君呢。"

囊瓦听到这里早已气得七窍生烟，派鄢将师随费无忌再探。一路上，费无忌唠唠叨叨地宣泄着他的恐惧，鄢将师早已先入为主，看到了郤宛府上的甲兵，也不细察，便回来向囊瓦报告，添油加醋。于是囊瓦派鄢将师带一千甲兵冲进郤宛府，抓了他的全家，还要在广场上对郤宛施以火刑。直到此时郤宛才明白这都是费无忌设下的圈套，可是他百口莫辩，他的心里最清楚，一直想置他于死地的，又何止费无忌一个？郤宛拔出宝剑仰天长叹，自刎而亡。

正如囊瓦所说，郤宛是个正人君子，很受百姓及其他官员的拥戴。郤宛死后，不但百姓要求惩治凶手，一些官员也纷纷上奏要求明察此事。楚王了解了事情的经过，斥责了囊瓦，责令他把此事查个水落石出。

囊瓦经过反思，终于认识到这一切都是费无忌在做手脚，囊瓦于是将费无忌和鄢将师统统抓了起来，治了个灭门之罪。至此，"五虎将"只剩囊瓦一人。

在内，"五虎将"自相残杀；在外，伍子胥带领吴国的军队一次又一次地攻打楚国，楚国在争勇斗狠中山河破碎，满目疮痍，日益衰微。

历史就是这样，佞臣一个小小的坏主意就能写出浩瀚纷繁的篇章，就像一只蝴蝶扇动翅膀可以引起一场海啸一样。

子路爱大了，孔子受伤了

前几年流行汤潮的一首歌，叫作《爱大了吧，受伤了吧》，"爱大了 / 屋内还有我送你的玫瑰花 / 可是它早已经枯萎啦 / 你走得那么快又那么潇洒……爱大了吧受伤了吧 / 回下头全都是满天风沙……"这首歌唱出了爱情里的潜规则，即爱得过火必将失去爱情。

其实"爱大了，受伤了"这条规律不仅仅适用于爱情，每一种超越了界限的爱都会受到惩罚。爱大了受伤了，连圣人孔子也不例外。

季孙氏做鲁国的宰相时，孔子的弟子子路任其封地的县令。鲁国在五月发动百姓挖长沟，子路见百姓辛苦劳累很是不忍，于是他拿私人的俸粮做成稀饭，邀请挖沟的人到路边来吃。

孔子听说这件事，立刻派子贡去倒掉他的稀饭，打碎他盛饭的器皿，并且质问子路说，这是鲁国国君的百姓，你为什么给他们饭吃？

子路没想到孔子竟然会做出这种有失仁爱的事来，他义愤填膺，冲到孔子面前说，先生难道不想让我实施仁爱吗？我子路之所以拜你为师，就是为了向你学习仁爱。仁爱，就是爱天下人，和他们共同占有财富，共同享受利益。现在我拿自己的俸粮给那些挖沟的百姓吃，让他们得到我的爱，这有什么不好呢？

总是教育弟子要仁爱的孔子长叹了一声，语重心长地说，子路的目光怎么这样短浅呢？我本以为你很聪明，懂得施爱的礼数和界限，可你却一直没有弄懂"爱"是应该有一定的范围的。你只知道把自己的俸粮分给别人吃，用这种方式来表达你的仁爱，但是"礼"的规定是，天子爱天下的民众，诸侯爱封国的百姓，大夫爱他官职范围内的人，士爱他的家人。超过范围去爱，就叫侵权。如今你擅自去对季孙氏的百姓实施仁爱，你这不是在侵犯宰相的权力吗？爱也不能过于胆大妄为呀！

孔子话音未落，季孙氏的使者就到了，他责怪孔子说："季孙宰相发动百姓挖长沟，先生的弟子却给他们饭吃，这是要争取季孙氏的百姓吗？"

孔子无言以对，他知道弟子爱大了，超越界限了，老师也有责任，受惩罚的时刻到了，只好收拾了东西离开鲁国。

庄子说，"圣人不死，大盗不止"。爱得太多，接下来或许是侵犯他人的隐私，或是助长了恶的滋生。其实爱不是一粥一饭——可以把每个路人都当成乞食者，可以任意施予。爱是应该有界限的，施爱者和被爱者都应该恪守爱的疆域。可惜这个世界上总有太多自以为是的"子路"，他们总是滥施仁爱把整个社会的秩序打乱，使许多"爱"变得尴尬，变得畸形。

"爱天下人，和他们共同分享财物，共同享受利益"，这是人类单纯而又美好的理想，在人类发展的每一个阶段，都有人为此赴汤蹈火，前赴后继。弱者更是把这一理想当作符咒，祈祷老天的分配绝对均衡，绝对公平。

但这种普遍的仁爱既无法实施，也不能长久存在。因为，世界真的是在矛盾中达到统一的。一方面，人们在不同的等级中非常理性地在残忍的比较与竞争中努力向前；一方面，人们又希望大爱无疆，在情感上拒绝天梯一样难以攀越的等级差异，希望大家都能栖息在同一个梯级上。理性与情感，克礼与仁爱，矛盾此消彼长，交错着，蔓延着，正是这种矛盾促进了社会的发展。

大自然最懂得这个道理，就算爱如潮水，也只能在海的范围内潮涨潮落，倘若逾越，涌入大地，则只能成为一种灾害。

遗憾的是，乱了社会秩序的人，大多打着"爱"的幌子。有多少家庭，因为出了界限的爱而倾覆？有多少悲剧，因为"爱大了"而上演？这个世界，有多少人"爱了不该爱的人"？

虽然，爱不是罪，即使是错爱。但是，施错了爱，就要像孔子那样，付出代价。

禅让不如不让

纵横家苏秦为了帮自己的祖国"燕"谋利益，潜入齐国进行间谍活动。因为功夫做得足，很受齐湣王宠爱信任，不料却惹得齐国大夫的羡慕嫉妒恨，被大夫派人谋杀了，人死了，间谍身份也暴露了。

受了戏弄的齐湣王非常愤怒，迁怒于燕国。那时候燕国的国君是哙，他刚刚继承父亲的王位不久。在群雄并起的春秋战国时代，"燕"一直是个极为羸弱的小国，内忧外患就像一把达摩克利斯之剑高高悬挂在国君头上，让他吃不下睡不香。哙的日子原本就焦头烂额，再加上苏秦惹恼了齐湣王，这更让哙如履薄冰，觉得齐国的大军随时都会进城来，哙因此急得团团转，不知道怎么办才好。

好在苏秦的弟弟苏代出面了。苏代一直极为仰慕自己的长兄，苦学纵横家的思想理论，因此文韬武略不在苏秦之下，如今见哥哥死了，自己有机会为国出力，便毛遂自荐，投到哙的门下。

在苏代的谋划下，燕与齐的关系确实得到了缓解，此后，苏代就留在了燕国。

燕国的国相叫子之，是苏秦的亲家，苏代也与他相交甚好。在子之的推荐下，唅派苏代到齐国去侍奉在那里做人质的燕国公子。

过了一段时间，苏代回国。燕王问苏代："你在齐国待了那么久，觉得齐王能不能成为霸主呢？"

苏代说："绝对不能。"

燕王很纳闷，问："为什么呢？"

苏代故意旁敲侧击说："因为齐王不信任他的大臣。"

燕王唅听了，眯起眼睛深思起来——他听懂了，觉得要想使燕国富强起来，就应该充分信任手下的大臣。谁是最可信的大臣呢？他不由得想到了子之，于是把处理国家政务的大权全部交给了国相子之。

子之很高兴，暗地里派人送给苏代一百两黄金，两家的关系处得更好了。

为了把文章做足，子之又授意与他相交甚好的大臣鹿毛寿到燕王面前替自己说好话。鹿毛寿就跑到燕王面前，给他讲古代尧舜禹禅让的故事，这让燕王很受启发。为了使自己的国家彻底摆脱在夹缝里生存的现状，干脆一不做二不休，燕王决定把王位禅让给子之。

子之对王位垂涎已久，欣然受禅。为了把禅让落到实处，燕王唅还把当时朝廷上属于"太子之人"的大臣和贵族的官印全部收回，由子之重新任命，子之也不客气，堂而皇之地即位，施行"新政"。

最不能接受禅让这一事实的，当然就是太子平了，在将军市被的怂恿下，太子平发兵包围皇宫，准备推翻子之。可惜连攻数月都没有成功，子之反击，大获全胜，太子平及将军市被都被他杀掉了。

夺了人家的王位，还把人家的儿子给杀掉了，这成何体统？都这样干公理何在？处在老大地位的齐国这时出面了，齐宣王在孟子的策划下，派大将匡章率正义之师大摇大摆地向燕国进攻，要帮燕国铲除子之。大兵压境，还不到五十天燕国就被攻破了，燕王唅被杀，子之逃亡，被齐人捉到后做成了肉酱。

三年后，在周边各国这些"国际组织"的不断声讨下，齐国不得不把军队撤出，赵国则派出部队护送在韩国的公子职归燕，是为燕昭王。

一出禅让的闹剧终于到了尾声。不错，再完美的制度，没有足够单纯、足够完美的环境氛围也难以实施，继承不是照搬照抄，还需要量体裁衣。复古是一种永恒的时尚，但倘若生搬硬套，便会像这一出禅让的闹剧一样，终究要在厮杀与死亡中沉重地落下帷幕。

漫谈读书

翻看一位老师关于读书的文稿，对其中师生读书必要性的论述很是赞赏。怀着期待继续读下去，在讨论学生该读什么书时，却产生了分歧。

世间的事就是这样，难免重复、雷同——当年，我们就曾被师长耳提面命，说书有好坏之分，有正经书和闲书，有有用的书和没用的书……哪些书能读，哪些书不能读，师长们手中总有一把明晃晃的尺子。

好在我的父母没有草木皆兵，从小学三年级开始，我就开启了属于自己的读书旅程。20世纪80年代初期，那是个物质和精神都极为贫瘠的年代，我没有选择，遇见什么读什么，全凭个人与书的缘分。

小学四年级时读《红楼梦》，在我，也是一种缘分。《红楼梦》是二叔的最爱，看他读得忍俊不禁，我真是馋涎欲滴！但二叔不给我看，说小孩子不能看这种书，容易学坏。他把书藏在箱子里，我发现了他的秘密后，一有机会，就把书偷出来看，每次看书都侧着耳朵听动静，怕被二叔抓到。尽管胆战心惊，却也没有落下任何情节，一本"坏书"早早地就被我照单全收了。

从《中草药手册》《赤脚医生工作手册》到各种话本、小说、传奇故事……二叔看什么我就看什么。那些书，既不够"正经"，也非主流，但是情节曲折，人物命运坎坷，因此很好看。因为看到这么多"好看"的书，尤其看到了别人不让看的书，所以看书的欲望也就越来越强烈了。

看书并没有耽误我的学习，相反，因为热爱文字，课本就是阅读的首选，每次收到新课本，废寝忘食也要把所有的文字先读上一遍。因为喜欢阅读，为了读到更多的书，我学会了一目十行。我的阅读和学习的效率都很高，记笔记也好，写作业也好，我总是最先完成的那一个。直到今日，当年的同学还很不服气，说我上学时候整天看大书，从来不点灯熬油下苦功夫学习，成绩却总是名列前茅。其实，正是为了挤时间看大书，我才不断提高学习效率，这种高速度的读书写作方式让我受益终生。如今，我每年利用业余时间写百余篇小文在报纸杂志发表，却不会因此而忙乱，即缘于此。

除了文学，我也喜欢数学，喜欢自然科学。大家有一种偏见，认为爱读书的人都会偏科，数理化一塌糊涂。数理化难道不需要文字表述吗？爱读书的人又怎么会厚此薄彼呢？物理、化学、生物，这些学科的教科书一到手，我一定要细心翻看一遍。上学的时候我最喜欢几何，我特别喜欢那种论证推理的过程，每一道证明题都是一篇逻辑严谨的小文章，那么精致，那么恰切，总能让人脑洞大开。

回首我们的童年和少年时代，凡是我们热爱的学科，我们取得好成绩的学科，上课的时候，做题的时候，我们一定处于亢奋状态，充满了求知的欲望。做教育，能够让学生一生都保持这种亢奋，这种热情，这种收放自如的脑洞大开的状态，才是理想的状态。

基于此，凭啥围追堵截，不让孩子看"好看"的书呢？只有孩子觉得书"好看"，他才会有继续读书的欲望。我开篇提到的那位老师，他的结论是中学生不该读郭敬明的《小时代》，班里学生因为读这本书竟然受到他的批评教育。原来，在这位老师的眼里，读书是功利的，是要与考试挂钩的——被动阅读，哪还有什么乐趣可言？当读书成为一种功课，成为学生的家庭作业，成为应付考试的手段，成为一种压力，谁还会爱上读书呢？没有爱，就没有动力，无怪乎现在的孩子整天忙于功课，疲惫不堪，成绩却得不到提高，原来大家只是在花时间苦磨苦揿。

随着国家对出版物管理日益完善，做教师的，应该对书有信心，应该放心大胆让孩子们走进阅读的世界，让孩子们自由选择。他们认为"好看"的书，可以浏览，可以精读，也可以陶醉其中。不要急于让孩子做笔记，更不要写什么读后感，不要采取任何让孩子反感的方式，只全心全意地，把孩子们读书的热望培养起来。

只有爱上读书，专家学者们推荐的书目才不会成为孩子们讨厌的负担，才会成为孩子们急于寻求、热切探讨的好看的书。只有爱上读书，孩子们才会养成终生学习的习惯，我们的教育才会真正有效。

第五辑

城市的方向

三月，我在想念春天

　　最近常常流连于网友的油菜花图片中。在与我相异的空间里，油菜花涂满了阳光的色彩，一路开到天涯。漫山遍野的油菜花让春天一下子燃烧起来，喧闹起来了，连旁边那所小木屋也要雀跃着飞跑起来。

　　披着婚纱的女子在油菜花里绽放一朵素白，似乎就要滑向幸福的彼岸，耳畔传来奶声奶气的童谣："油菜姐姐会绣花，她绣的花像喇叭，嗒嘀嗒嘀嗒。"而今，会绣花的油菜姐姐就要出嫁了，油菜花全都昂着头为她吹喇叭，像极了一群嬉笑着的调皮娃娃。蹲在油菜花里弄焦距的人该是未来的老公吧，油菜花炫目的、直达天际的黄在他心里掀起了怎样的幸福波澜？他是不是正深陷在油菜花中，含情脉脉注视着他的新娘？油菜花开，满地的黄花闺女，所有年轻的心都会蠢蠢欲动——爱情是最绚烂的植物，已经结出满树的花苞。

　　春风一过花满河，"油菜花开满地金"。长满油菜花的田交叠着，相挽相牵。据身临其境的人说，置身油菜花间会嗅到淡淡的花香，还会有花粉落满头，染黄了衣裳，这些调皮可爱的天使，会跳舞的精灵！它们无边无际，一直蔓延到天边，到我的春梦里。那一望无际漫天的黄郁真让人迷醉，让人向往。

看得多了，有时，我也会固执地认为，在清风微荡的午后，从满地黄花堆积中走来的该是个有着长长的麻花辫，穿着青花衣裳的女子吧，她心事重重地走来，不时回头张望，身后是油菜花铺开的无边无际的远方。这是个与油菜花默默守望的女子，就像对着曾经相知相爱的人倾诉衷肠——春天来了，他乡的人还没有踏上归途，开满油菜花的岸边，一只乌篷船像是谁丢失的鞋子，疲惫地小憩。

可惜我是北方人，农历三月春天还迟迟不肯光临，那些光秃秃的树枝昂首向天翘望着春风。树的衣裳哪里去了？它们全都急了，求春风找回它们丢失的衣裳，就像寻找丢失的爱情的小小的女子。

油菜花在伶仃女子的身边，一个个脸色蜡黄。

不觉自怜起来，耳边单曲循环唱着：我是一棵冬天的树，我在想念春天……

正好看见一只轻巧的风筝飞在油菜花上，感谢春天，给油菜花送来了最大的蝴蝶。

等到来年春天，我要计算好花期，去看油菜花。我要做个赤足的女子，脖子上戴着油菜花的花环，像小小的圣女在油菜花中奔跑。耳边有牧歌轻轻唱响，油菜花金黄的云雾让我迷离了眼，那被油菜花环抱着的村庄，那些被温馨的故事萦绕的人们，紫陌红尘，像天空一样辽远。我要让黎明提前到来，让黄昏更加明亮，让世间的给予，让爱的祈求，统统都在这一片油菜花里释放！

最是恼人四月天

四月有星星一样的花开；四月有轻羽一样的絮飞；四月有蹊径下安静等待的微尘；四月有芳香四溢和姹紫嫣红……

四月有梁间燕子的呢喃；四月有细雨敲窗的嘤咛；四月有含羞的女子，像小小的睡莲花擎着颔首低眉的婉转温柔……

四月，满满的都是青翠，满满的都是春情，满满的都是明媚，都是热烈的爱的烦嚣与浮华……

那早天里的云烟，那黄昏吹着的风的软，那鲜妍百花的冠冕——四月简直就是理想爱人的化身，柔情缱绻，足以让人动了情，憧憬那一世的缠绵。

可是，身居长白山下，我们的四月怎么就那么缺少诗意与色彩？每个四月都暗黑一片，没有半点绿意，没有一朵花开。就像坏脾气的大叔，总是板着冰冷的面孔让人噤若寒蝉。没有人愿意靠近他，谁也说不准他的暴脾气藏在何处，只要他想，就狂吼，就飞沙走石，就雨雪交加，就冰冷彻骨……他仿佛受了累世的伤，看不得欢颜，看不得深情款款，看不得你侬我侬卿卿我我的爱恋。

山是阴着脸的，赭褐色的树林似乎垂垂老矣，没有一点生命的迹象。水是冷着心的，角落中，阴沟里，水里夹杂的残冰像肮脏的毒瘤，触目惊心地跃入眼帘，让人不由得战栗。空气里有一种冷冽的味道，倘若深吸一口，便会有一把银针"嗖"的一下直刺入肺腑，扎得胸口里满是尖锐的痛。

没有绿柳如烟，没有杏花春雨，没有娇滴滴的燕鸣，没有雾蒙蒙的花径，更没有丁香一样的姑娘步履从容……

四月，在东北，烧了近半年的暖气终于停了。再也没有干草一样燥燥的热让我们忘了四季，再也没有舒展与轻盈让我们流连在有着偌大落地窗的屋子里。我们的温暖随着供热处最后一缕轻烟直飞到九霄云外，假造的春天从此不见。忽然坠入真实的世界，人们像断奶的孩子有着诸多不适，每个人都在寻寻觅觅，每个人都来去匆匆，在料峭的春寒里挨度光阴，苦苦等待暖日的莅临。

可是，阳光那么远，春天那么懒！

整个四月，我们都在翘首期盼着诗歌里的人间四月天。

当然，也会有例外。猝然而至的好天气让每个人都雀跃起来，以为春天从此驻足，我们可以尽享春之烂漫。年轻人急不可耐地脱了冬天的衣裳，小草也试图从朽败的叶子里钻出来，品一品春的气息。可是，转眼间老天就变了脸色，北风呼啸，大雪纷飞，薄衣的孩子夹紧自己在风雪里无望地奔跑，行人小心翼翼地把自己裹紧在厚厚的风衣里，缩着脖子，拱着脊背，怯怯地艰难地前行——没有人能把突然踅回来的冬天赶走。

多希望四月快一点离开，多希望迎来五月短暂的花开！

四月，一个冰冷的时节，一个凌乱的时节，一个无法猜测的时节，一个喜怒无常的时节——我但愿爱人的脾气，千万不要像东北的四月。

墙

这世上最不缺少的，就是灰暗冰冷的高墙。

起初，那些长出高墙的地方竖起的是篱笆。编织成篱笆的或是可以随处扎根的柳树，或是满带着敌意的刺棘，或是潇洒俊雅的劈柴，或是翘首远望的木板……无论什么材料的篱笆，都不会拒绝一朵花儿。不会拒绝一朵花儿攀上它们的肩头；不会拒绝一朵花儿的耳鬓厮磨、纠结缠绵；不会拒绝一朵任性慵懒的花儿，在阳光下灿然绽放。

一朵花儿，总是喜欢沿着藤蔓行走；一朵花儿，总是喜欢扯着风的衣襟行走；一朵花儿，总是喜欢绕着阳光的脚印行走……一朵花儿，就那么漫不经心地走着、走着，离开潮湿阴暗的土地，越过英气逼人的篱笆，向未知的远方探出了头。

爱花的人没有任何拘囿，自可以让花的芬芳沁入心腑；爱花的人没有任何阻挡，自可以将花的娇颜收入眼帘；爱花的人，自可以眯细眼眸，久久地伫立在篱笆前，餐其秀色，临其芳泽，与花儿细语喃喃；爱花的人，自可以与花儿朝夕相伴，成就相守一季的情缘。

钞票是最道貌岸然的卫士，金钱的草书龙飞凤舞之后，篱笆便被扔进时光的深处。

绿篱颓圮，草木惊慌失措，连虫蚁也吓得四处奔逃。锹镐和锄板都是致命的武器，在植物的家园大兵压境。泥土被迫翻身醒来，石块被撵出住了千年的家园，花儿尖叫，草儿呻吟，细藤伸展伶仃的脚，想做抵死奔逃……可是，没有用的，兵荒马乱过后，砖头水泥正襟危坐，侵占了篱笆的地盘。

一座座高墙拔地而起，像一张张装腔作势的脸，永远灰暗、粗鄙、自以为是。它们占领了原野，占领了乡村，像一道道禁令让人噤若寒蝉。人心被装进了盒子，情感绑缚了绳索，再不能隔着篱笆递过一碗水饺，再不能嗅着花香眉目传情——处处都驻扎着高墙的队伍，处处都安插了高墙的岗哨，让人无法逾越，让人激情全失……

队列整齐的坚实壁垒，假装保护，实则拒绝。草木都躲得远远的——高墙底下哪有它们的立足之地；花儿早已被连根拔起，它们细弱的足攀不上冰冷的高枝。墙圈起一个又一个阴谋，制造一个又一个秘密。率性天真的花儿怎么可能与它为伍？连阳光也怯怯的，一旦碰触了墙的脚跟，立刻飞跑着离去。

墙把乡村砌成一个错综复杂的迷宫，把花花草草变成无法奔跑的囚犯；墙画地为牢，铁面无私，恪守阻碍与否定的准则；墙横亘在我们前进的路上，一座连着一座。

在墙的铁臂下，我们学会畏惧，学会臣服，学会冰冷，学会假装……我们进进出出，用空洞的声音交谈着，狡诈虚伪地活着。

有时，攀着高墙，惝恍迷离中还会想起从前的篱笆。而一堵墙，要经过多少年的风吹雨打，日晒霜披，才能慢慢醒悟，才能修炼出一颗彻悟的、柔软的心？

有了心的召唤，墙苍老的脸庞或许就会多一丝慈祥，冰冷的心也会长出爱恋。那时，常青藤会回来，爬山虎会回来，媚眼含羞的花儿也会回来——披上阳光的外衣，沿着墙老迈的纹理一路攀爬，一路缠绵，直到攀上墙头，把一袭绿衣披在它身上，把一树娇艳的花朵，开在墙外。

曾经，我是个诗人

从十八岁青春年少，到三十八岁混沌沧桑，整整二十年的时间，我都被一种叫作诗歌的分行文字纠缠着。有时他弃我而去，到别处投怀送抱，正当我一身轻松准备另谋他就时，这该死的诗歌，却又回心转意，抱着我的脖颈撒娇卖萌，把我彻底收服。

没有人看好我的诗歌。也难怪，我不过是乡下的村妇，和我来往的人大多识字不多，人们喜爱的话题是"东家长西家短、三只蛤蟆四只眼"，是俚俗，是水里火里凡俗的生活。当我高贵的诗歌一寸一寸从笔下艰难娩出，身边的讪笑也就转成了怒斥——在另外一类人结成的广大同盟里，诗歌就是怪胎，就是异类，不靠谱，非主流，必须嗤之以鼻，必须怒目而视。

但是，诗歌可不管这些，他常常不请自来，挡都挡不住，腰肢款摆，从我起皱的脑门上，从我酸酸涩涩的小心房里走出来，扭着屁股爬过笔的桥梁，从笔尖稳稳地陷落，在方格稿纸上展露身形。此时我早吓得心惊肉跳，真怕连我这只写诗的手也要被当作异端格杀勿论。

该死的诗歌，我爱恨交织的情人，孤单的夜晚我和他小聚幽欢，所有的岁月全都活灵活现，我常常躲在他的怀里落泪——欢乐和悲哀，就只有这一种表达方式。

日子穷困，连邮寄也成了无法企及的奢侈，写好的诗歌就像秋后的白菜，扔在时光深处，冻馁或是腐烂。我还得过属于自己的日子，尽管生活苦难深重，但我丑陋贫瘠的身体正是生产诗歌的土地，我不可以轻言放弃。

写过的诗歌，只有无所事事的风常常蘸着唾沫恶意地翻读，倘若哪一句不入眼，风就撇着嘴把那一页撕掉。诗歌就是众人眼里那一棵烂白菜，任我这粗糙的农妇慢慢修理，然后，腌渍或是窖藏。

有时，也有二三诗友，偶尔喧哗一下，撒撒酒疯。谁都知道诗歌早已沦落到江湖之外，连传说都无法挤进人们忙碌的耳朵，爱诗的人，即便呕心沥血，也不会得到任何眷顾。

哀怨是有的，但爱不会因此停止——在青春的转角，我遇见诗歌，从此我们生命交融，诗歌就是我青春岁月里种下的蛊，既然早早中了毒，就只能任他一个字一个字啃噬我并不饱满的生命，没有解药，没有救赎。

二十年，走过来才知时光是个多么缥缈的词汇，生命的河里，回首时连一片浮萍都找不到。孤独是什么？荣耀是什么？爱是什么？恨又是什么？在"过去"这两个字中，一切都成了泡影，不留一点痕迹。

打开破旧的箱笼，厚厚一摞红格稿纸上点点燕泥一样的文字，就是从我曾经年轻脆弱的心里，从我破旧的笔尖爬出来的诗歌。他让我重新审视原本支离破碎却被想象力"PS"过的完美无瑕的我的青春，他被我在梦里不断发酵从而成为活着的微不足道的证明——他仍然艳丽，仍然妖娆，仍然和我耳鬓厮磨，仍然让我心神不宁。

我确信，我一直爱他。我不后悔，曾经，我是个诗人。

诗人不是钻到牛角尖里身微命贱的小小蚂蚁，诗人无须自艾自怜选择人生的末路。因为，诗歌不是生命的巅峰，更不是生命的尽头。我热爱诗歌，哪怕我被关进黑暗的铁笼子里，哪怕危机四伏暗无天日，我仍然坚信，顽强的生命，可以找到老天留下的最为细小的出口。

每一个千疮百孔的生命，都是一首好看或不好看的诗歌。

城市的方向

　　我是个不可救药的路盲，在高楼大厦和车水马龙中永远无法辨别方向。倘若让我指出我所在之处的东西南北来，那么一定要给我一个阳光明媚的早晨，和能让我眺望远方的视线不受阻挡的一方原野。

　　"早上起来，面向太阳，前面是东，后面是西，左面是北，右面是南。"识字课本里的这段话一直铭刻在我的脑中，这是我辨别方向唯一有效的口诀和经验。至于左面到底是北还是南，我其实也是记不清楚、搞不清楚的，每次背诵到这里我都会很惶惑、很迷惘，需要费力地通过回忆把自己置身于童年的小山村中，在记忆里从乡村找寻方向。找到之后，还要反复地在心里伸出双臂，心虚地不断确认：是的，左面是北。

　　乡村的大路只有一条，乡村的小路却四通八达，零乱的瓦屋或低矮的草屋绝不会挡住山的影子和路的方向。即使夜色朦胧，我们也知道哪处灯火是自己的家，如同那些喜欢漫游在庄稼地里寻虫子的公鸡或偶尔离家出走寻找伙伴的狗儿，用不着思想的指引，便会沿着惯性找到家的方向。

　　城市不需要东西南北，城市的方向都躲藏在高楼大厦的身后。太阳是从哪里出来的，划过怎样的弧线，最终在哪里落下？匆忙的人们无暇去关注。在我的印象中，太阳好像从来不曾醒来，不曾有过喷薄而出的早晨，她永远灰蒙蒙的，半挂在城市的上空，就像是挂在我的半梦半醒之间。铺天盖地的是楼房的名字，店铺的名字，招牌的名字……莫名其妙的名字把我困在其中，每一种建筑似乎都在争先恐后地呐喊：朝我这边走，朝我这边走，朝我这边走……色彩和霓虹、高楼和街道全都发出铿锵的声音，杂乱而喧嚣，被裹挟在这些刺耳的嘈杂里，我一直都在迷失方向。

城市的方向与太阳无关，也不牵涉东西南北。城市的方向总是很具体：某某路，某某街，向右或是向左，公交站牌、鼎盛的商铺都可以当作参照物，沿着这些名称我们就可以找到厕所的方向，旅社的方向，饭店的方向，以及公司的方向，会场的方向，朋友的方向……巷道、楼房、商铺、公司……城市的方向枝杈万千，交错纠结，哪一条路都是迷途，走上去，常常一不小心偏离了方向。

没有永恒或是唯一的方向，在时间轨道上，城市会迅速前进，一日千里，所有的静物都在奔跑。几个月前，乡下的弟妹来城市的金店买了一个链坠，前天让我再帮她去同一家金店买一对耳环，等我去了记忆之中那家金店，才发现金店已经离开，不知道去了哪里落脚。我购买日用品惯常去的小店，只一周没去，就凭空消失，挂上了另外一块牌子。每一个小店都长了脚，都在不停地飞跑。

就是这样，繁华就是城市的方向。说不出天高地厚，分不清东西南北，城市的路四通八达。城市的方向不仅仅是空间，还与时间紧紧接轨，原本就太过复杂，还要日日改变，我恐怕一生都难解城市的谜题。

城市的方向是环、是路、是街道、是小区，是一串串数字号码。一转身，那些数字和名称就会改变，就会消散。在城市里，我们不过是一个游魂，一个无家可归的迷路的孩子，每一天，都要在四通八达的方向中心生恐惧，无所皈依。

罹难的小镇

那时候，水还清澈，山还葱茏。

我的家在僻远的小镇的一隅，在一条迤逦而去的小河边，在七楼，在高高的顶层。

别人安家，寻的是繁华地段，而且一定要离学校近些——别人的时间是金钱，别人的孩子是太子。我的时间没有那么金贵，我的孩子也没有那么娇贵，我和孩子喜欢的，是家园的宁静、和谐。

因为楼层高，躺在床上，透过窗子满眼是蓝天白云，隐约一抹青峰，心便会澄澈得像一羽鸿毛，可以飞到天外去了。偶尔有鸟儿的啁啾将我唤回，我佯嗔斥它，心里溢满柔情。

安家不久，一只蜘蛛便来与我们为邻。夏夜，它精心地在檐下织网，织好后，学军师稳坐中军帐，纵横交错的网在夕阳里张起，蓝天白云也便有了经纬。我常常去研读它的"网文"，有时见它昏昏欲睡，便轻触蛛网叫它起来好好工作，蜘蛛有情，我总会得到它热情的回应。

俯视楼下，不远处有三棵百年老榆，树干粗壮得要三五个人围抱才能合拢。小镇的人笃信老树有灵，因此榆树的枝干上挂满了红布条、红丝带，它们是体弱多病及爱哭爱闹的孩子们的"干妈"，那些孩子总会在某一日被母亲揪着耳朵拖去跪拜。

榆树不与人言，它们只与风会话，与鸟儿谈天。

燕子常常栖在玻璃窗外向我窥探，我此时一定坐在窗前，闲翻一本书，读一会儿，发一会儿呆——莫非，它是只爱读书的有文化的鸟儿？

儿子不嫌家离学校远，整天乐呵呵地骑着单车去上学，他大概遗传了我的基因，也喜欢每一天沉浸在梦想的世界里走一段长路。有时他吹着口哨，少年的心在上学路上轻舞飞扬。

楼下的小河是我最为喜爱的地方，晴日里，我会趿一双糖果色拖鞋去河里浣衣，赤足，裤脚高绾，坐在一块青石上，把衣服放到另一块青石上捶洗。河对岸有几个人在静静地垂钓，河的下游，有人在撒网、收网。河水哗哗地流着，思绪如水中的萍，漂泊、绽放……此时想来，忽然就觉得那就是"锦色年华，岁月静好"了。

黄昏时，会带简单的卡片机去拍那些卑微植物的风情，蓬蒿、狗尾草……它们和我一样痴爱着快乐奔流的小河——有些东西大概注定要成为我们灵魂的栖居地。走路的时候，我常常"目空一切"——看不到老领导、老同事、老熟人，却能看到花开、草长，能看到细小植物的行踪——比如狗尾草伸长脖颈，蹙了眉头，似乎张开谛听的耳朵，与河水温柔软语。

日子像小河流水，干干净净地流过，我在思想和文字的世界里从容地行进。

可是，有一天，我忽然迷路了，发现自己闯入一大片废园：大门红漆斑驳，锁已锈蚀，玻璃窗被砸碎，像盲人的眼睛。

一片废墟，满目疮痍……

我战战兢兢地绕过这一切，总算找到了自己的家。

城市建设开始了：成为废墟，成为工地，成为楼房，成为小区……

老榆树阻挡了道路的四通八达，原本要被"就地正法"，锯倒劈为柴火的，因为几个"干儿子"力保，被勒令"拆迁"。我看见十几个民工摩拳擦掌，在老榆树根部挖了个一米见方的洞。一连几天，他们拼命砍断老榆树伸向四方的巨大根系，让它们带着裸露着白茬的伤痕累累的根壮烈地横在路口。三株老榆被连根掘起，小区建成后，它们又被移栽到别处，可惜第二年春天，其中两株树再也无力发出嫩芽，一株树干脆疲惫地躺倒，把结痂的根暴露在光天化日之下。

有一天，我看见小区附近被修剪成平整的植物墙的丁香丛旁边有上百人在围观，群情激昂、兴奋不已，原来是一条傻傻的蛇误入植物丛中。围观的人如临大敌，个个都是骁勇的英雄，有的用木棍拨弄，有的呐喊助威，一条小小的蛇怎么能逃出人的魔掌？不久一个狞笑着的男人扯着尾巴把蛇拎起来，那个可怜的爬行动物将被烤熟，成为饕餮者们的口中食。

河床被清理，狗尾草和蓬蒿全都顺流而去葬身河底，精美的石砌中栽的是从其他城市引进的花花草草。青石板也不见了，没有了沙滩我再也不能去浣衣。

河对岸正在开发豪华别墅区。那一排老柳树也是保不住的，它们枝干横生，一直恣意生长，孩子们曾经在它们斜伸的枝干上挂过秋千，也曾爬到树上去读书吹笛……而文明的标志就是修剪——无论是人还是植物，都要被修理得中规中矩才好。有一天，那些老柳訇然倒下，没有了树的支撑，似火的骄阳一下子扑向大地，崭新的小镇燠热难耐。

后院被彻底捣毁，我的空间益发狭窄，再也没有斑驳的小径，可以让我像游魂一样踱来踱去，拥抱每一个浪漫黄昏。

索性学先生"躲进小楼成一统"，可是忽然间有一股恶俗的音乐潮水一般涌进曾经安静的小城。我是个很挑剔的人，一直以为，不是所有高昂的声音都叫歌唱，那些像抽搐、像喘息的声音，在我看来，实在有污圣听——毕竟，不是所有的人都需要用"呻吟"来填补空虚的生活。

找了很久，才发现河对岸建起了一个音乐喷泉，声音就是从那里传出来的。

水被高高地汲起，像半裸的女人，在粗放的歌声里反复扭动。水也会成为马戏团里可怜的兽吗，那样扭曲是为了赚得谁的眼球？

楼下拉家常的老妇在响彻云霄的叫嚣声里不知不觉全都放开喉咙说话，到处是喧腾，到处是芜杂……恬淡被打入囚笼，这是喧闹流俗的天堂。我开始迷路，找不到那些被岁月洗白的红丝带，找不到淙淙流走的河水，找不到我宁静安闲的小镇，找不到它身上那些大大小小的胎记。连那棵守候了年轻人的爱情的山楂树也被锯光了枝丫，用不了多久，它的根也会被彻底拔出。无言的山楂树啊，可怜它学不了那位古稀之年的白发老妪，无法爬到高高的塔吊上，竖起白发的旗帜，向那些抢了她相守一生的家园的人抗议。

而且，抗议也是无效。嘈杂不会放过优雅，繁华不会放过安宁。精神空虚的人，最喜欢用炫目的垃圾来填塞空间。

就像面对垂危的病人，就算千般揪痛又如何？离去的小镇，我无力拉回你——狂野的号叫益发响亮，水的舞蹈益发妖娆，这就是祭奠你的，最后的哀歌。

我的小镇，有蜘蛛和蛇，有鸟儿和蝴蝶，有稻田和健康的树木，有农人和炊烟……有安闲舒适的好日子的小镇，已经彻底罹难！

稻粱收尽原野贫

　　长白山下，植物们崇尚优雅时尚的慢生活，庄稼的日子过得也是不疾不徐。

　　就算到了诗人们最爱的人间四月天，水稻的种子也仍然懒懒地在仓廪里安眠。

　　五月，稻苗苗壮地成长起来，绿草芊芊。农人把水灌入稻田，整墒耙地，打埂作畦。六月，秧苗被插入大田。

　　经过近四个月的风雨洗礼，吸尽了日月精华，九月，稻子被阳光染成一片金黄，稻穗羞赧地垂下了头。

　　开镰的时刻到了。小时候，开镰割稻是我和弟弟最盼望的日子，那天，父亲总是挑选长势最好的稻子，割两捆带回家来。

　　我和弟弟喜不自胜，细心地剪下沉甸甸的稻穗，放到柳条簸箕里，父亲找一只刷洗得干干净净的鞋子，手伸进鞋窠里，用鞋底搓碾簸箕里的稻穗。鞋底是母亲用麻绳纳的"千层底"，上面布满了米粒大小的麻绳的针脚。鞋底与簸箕的纹理交错，父亲用力搓，硬是把簸箕和鞋底组合成最原始的"脱皮机"。

经得起搓碾的，都是最棒最成熟的稻子，它们绝不会因鞋底与簸箕的摩擦而碎去或是断成两截。父亲用力搓碾一番，簸去粳皮，珠圆玉润、晶莹剔透的大米便呈现在眼前。

新米的好坏，可以通过煮粥来验证。好吃的新米，熬煮之后米粒膨胀却不开花变形，米的芳香悠远、长久，最重要的是，粥上会结一层清乳一样的"米油"。

新米煮粥，什么佐菜都不需要——浓郁的米香足以勾起你的食欲，沉实的粳米也足以饱腹，它不酸不甜，不硬不胀，不会在你的肚子里闹"幺蛾子"。它与花样无关，与繁华无关，仅一碗白粥而已，但其中滋味，足以让人品味终生。

三五亩的稻田，一家人也要割上三五天。虽然已过了中秋，正午，天气仍然燠热难耐，割稻的人屁股朝天，上半身像稻穗一样深深垂下。对于高高大大的成年人来说，这实在是一种很痛苦的姿势，大家汗流浃背地割，没多久便饥渴交加。

因此，割稻之前，要去园子里拔一个青翠的大萝卜。女人斯文些，右手握刀，左手拎着萝卜缨子；男人干脆把萝卜缨拧掉，用力把镰刀扎进萝卜深处，硕大的萝卜便倒挂在镰刀头上。

到了田里，把萝卜放到田埂上，大家各自站在一片稻前，先割下一把，稻穗处轻轻一绾，打成一个结，均匀分开，这就是捆绑的"腰子"。把"腰子"平放在稻田里，倘不服帖，还可以在结处踏上一脚。此时割稻的人往往会很卖力气地向手心吐一口唾沫，然后弯腰，左手稻右手镰，"刷刷刷刷"，只三五把，"腰子"上的稻子便成了堆，于是拽紧"腰子"的两头，用力捆绑，打结，塞好，动作一气呵成，蜂腰美女一样的稻捆转眼间已立于稻田之间。

金黄的稻浪面积越来越小，割稻人的身后，黝黑的稻田上覆盖着灰黄的稻茬，以及越来越多的稻捆。

小孩子的任务，就是把稻捆集中起来，二十捆为一伍，两两交错，排成整齐的稻码。

稻码的排列是"狗咬纹"式的——错落有致，通风良好，稻子干得快。

割稻既是技术活，也是力气活。每次割稻，总要歇上两气，那时，人们就割了萝卜——女人们是切成片吃的，男人们嫌麻烦，囫囵咬下去，一只大萝卜，顷刻间就啃去了大半，又添力气又解渴。

总觉得，割稻时吃的萝卜，比哪一种名贵水果都甜脆多汁。

割了稻，稻田就成了孩子们以及小青年的天堂——孩子们在稻码和稻垛之间玩捉迷藏，有的孩子在稻垛里藏得久了，竟然能美美地睡上一觉；小青年在稻码和稻垛之间谈情说爱，坐在温暖的稻捆上，嗅着稻子的芳香，爱情也便踏实、可触可感。

总是怀念当年腰酸背痛的割稻时光，说也奇怪，那些病痛大多不在田里发作，每次都是回了家后，才觉得这一身骨肉似乎要散了架。饶是如此，吃了午饭，或是睡了一夜之后，即便是叫苦不迭的人，也还是会挣扎着下田，等到下了镰，那痛也似乎能承受了。

"拳曲悲鸣求遗穗，稻粱收尽原野贫。"如今，秋风起兮，稻禾飞黄，我的稻田在哪里荒芜？只能拘囿在城市的高楼里端起肩膀闷闷地写字，无法驱赶另外一种由来已久的疼痛。

雪把烦恼捂在心里

雪一落，烦恼便被捂在心里，稀里哗啦倒成一所堆栈。断瓦残垣，把原本平静的心室砸得七零八落。

家族群里，兄弟们聊得热火朝天。收粮打场，游戏和娱乐，漫长冬天里的那些有趣的打算——全都是让人兴奋的好消息。我很欣慰，默默地看着，替他们高兴，但不参与。

一直以来，我都是他们严肃寡言的大姐，过着和他们不一样的生活，像个老态龙钟的局外人。

群聊还没有结束，弟弟却单独和我开了小窗，给我的消息像一场从天而降的落雪，让我心里瞬间冰凉一片。

弟弟说，母亲又摔倒了。

母亲快七十岁了，性格乐观，但倔强，她想做的事，谁也拦不住。

弟弟说，那天母亲包了饺子，非要给二叔家的堂弟送一碗。外面下了薄薄的雪，路滑，弟弟不让母亲去送，母亲不听，偷偷去，回来时还拣光溜溜的塑料管子走，说那上面干净，没落上雪，结果就滑倒了。

大冬天踩塑料管子，母亲这是什么逻辑呀？弟弟一个劲儿地向我抱怨说，母亲怎么像个孩子，一点都听不进儿女说的话，自己又不会判断。

还能怎么样呢？年近古稀的人，一直在自己的思维轨道上行走了这么多年，还有谁能让她改变？

我安慰弟弟，先看看母亲的伤势再说。母亲住在遥远的乡下，这几天连续下雪，连打车都成了难题。

来自母亲的消息让我惶恐不安，母亲老了，经不起风吹草动，经不起一场骤雪。那些来自母亲的片言只语，每一句都牵动我心，母亲的不适足以让修为平静、原本淡定的我乱了方寸。

痊愈是个漫长的过程。一年前，母亲摔倒，我和弟弟带母亲去医院，检查之后没有什么好的治疗方法，医生说要打上石膏慢慢养。我和弟弟着急，转去看中医，医生给拿了外敷的药，每周去取一次。

从春寒料峭到夏日炎炎，我每周都去取药。心悬了半年，还好，母亲终于又行走自如，又可以家里家外地忙活了，只是，这样的健康才保持了半年多。

天冷了，我最担心的还是父亲的哮喘。去年冬天就陪父亲在医院住了一周多。那段时间给父母做饭、送饭、打理饮食，跑医院里的各种事务，还要给父亲做思想工作。在父亲的印象中，哮喘等同于癌症，父亲一脸的消极，说自己得的不是什么好病，我怎么说，他都不信。父母生病，不仅仅是忙乱，还有没完没了的担忧和恐惧。

父母一天天地衰老下去，小事故一个跟着一个，我的心也就一直悬着。手机 24 小时开机，夜里，电话一响就会惊起，抓起手机，最怕父亲和弟弟打来电话。

父母是我们生命的根，他们被病魔的毒虫啃噬时我们也会痛痒，被冰雪封冻时我们也会感受到生命的冷冽。

不喜欢雪天，不喜欢这彻骨的寒冷——如果不下雪，母亲就不会摔倒，父亲的哮喘也不会发作。如果不下雪，如果没有酷暑和严寒，父母的生命是否就会像蓬勃的植物一样，生机盎然，永不凋谢？

　　雪把烦恼捂在心里，把担忧捂在心里。一颗牵挂的心，在冰冷的雪里苦苦挣扎。

静静地守着我的节日

夜未央。霓虹兀自热辣辣地眨着迷人的媚眼，穿过覆盖一层薄雾的玻璃窗，向每一颗雀跃的心发出让人无法拒绝的邀约。街上的行人成群结队，谈笑风生，像穿过树林的鸟儿，楼群、广告牌和街灯之间人影幢幢。被欢乐点燃的人们忙着从一件喜事走向另一件喜事，从一种热闹赶赴另一种热闹。

邻家的宴饮从午后开始，一波又一波的高潮让气氛不断发酵，此时宾客们仍然时高时低地叫嚣，不时攀爬到欢乐之巅。嘈杂的笑语穿透厚厚的墙壁，蜂拥着向我脆弱的耳鼓袭来，我不敢回头，疑心墙壁已变成闭路电视，正在现场直播邻人那些油汗津津的肥硕的脸孔。

节日还没有走远，我静静地守着属于自己清白呆板的时间。许是命里注定吧，我一直与酒无缘，在酒精里，我心跳如鼓，惶恐得几乎要魂神飞散，却仍然清醒、拘泥、压抑，无法把自己完全放开。远离酒，远离花样繁多的美食，白粥与青菜为餐的我的节日，也便不再丰盛，不会繁华，不会有宴饮从晨光起时到华灯璀璨。体悟不到酒的美意，也就缺少那种把酒临风的情致，连小聚也变成清欢，缺了风情万种——今生都不曾沉溺在酒里，不曾酣畅淋漓地恣意醉一次，狂乱一次，放浪形骸一次，会不会有些遗憾？

一只猫会梦见什么？它不在意生日、纪念日，也不在意什么节日。一只猫，心无城府，目无时光，就那么懒散地、安逸地睡在我的身边，就那么毫不在意地把时光浪掷到迷离的梦里——它一会儿四肢抽搐，像是在与爱侣纵情嬉闹；一会儿胡须抖动，嘴巴咂出奇怪的声响，像是在与陷入热恋中的情人深吻。

与一只猫相伴，日子便过得轻灵、阒寂、了无痕迹。没有一种绚烂能牵引我淡定的目光，没有一种喧哗能遮盖来自内心深处的乐音，我的夜晚铺满落叶一样缤纷的梦境，文字是一朵朵的星星花，在纸的天庭划过，于不经意的瞬间粲然开放。这里一无阻碍，我可以不受限制地爱你，可以随时来到你身边。

梦中孑立的你，眸中饱含深情，上扬的嘴角线条分明，笑容背后透着淡淡忧伤……想你，仿佛沉溺在深深的暖水里，恍惚中不知身在何处，只有你的一颦一笑牵扯我心——每一个漫长的夜里，能与你在梦中相遇，这就是我梦寐以求的节日！

你曾问，是谁用灰色的光阴，在我们的发上沾染了耀眼的白？是谁孤立于寒风中，凋谢了原本盛开的花？是啊，属于我们的时间那么不经消磨，尘屑一般在指间纷纷滑落。与你相伴，那些心有灵犀、无拘无束的辰光，那些心手相牵、快乐无忧的日子，一点一点连缀成一股涓涓的细流，弃我而去，奔赴虚无与永恒。我们的脆弱与无奈，坦途与艰辛，我们所有的疮痍和来自遥远少年时代的全部忧伤，在时间的河里迎头而来，又不顾而去。终将有一天，连你也是抓不住的——那就留下疲惫的我，为你鼓掌，为你祝福……

此时只有一只无言的猫儿陪我，它枕着一只灰色的长爪，独自想着心事。

而我，多想变成无所不能的女神，用一场冰封，把你永远留在我的梦里。

看　山

东北的山大多无名，它们不险不峻，不奇不秀，不雅不幽，就那么随心所欲地从地面上鼓出来，有的劲大鼓得高些，有的劲小鼓得低些，皆是馒头样的，没有奇峰突兀，没有怪石嶙峋。

山径倒是很多，却没有一条可以通向奇幻幽深的景致。山上的植被也是大同小异，无非是松、椴、杨柳以及不成才的灌木，它们由着性子生长，平凡、安静，自得其乐。

因为雷同，因为缺少奇特的阅历，所以难以冠名，就只好以方位词来指代。每一个村庄都有东山、南山、西山、北山，这些方位的山绝不是孤立的一座，倘进到山里，就好像小舟浮上了海面，多少个高低起伏也走不出去。

生活是离不开山水的，尤其是到了假期。不去看山看水，宅在家里简直就是对假期的亵渎，在这个崇尚繁华的时代，这种人活该让大家瞧不起。

最先热闹起来的假期是五月，春暖花开，彼时海水太凉，海鲜不肥，只能去看山。腰包鼓的，离开东北去看南方的秀水青山；中等收入的走得不远，最起码也要出了省，去看一看"别人家的"山；即使生活拮据，也可以登上本地东南西北任意一座山，看花发，看草绿，挖野菜，搭吊床，来一次远足一次野餐，与大自然做"天地人合一"状。

东北的山，山形可以完全忽略，人们看不出什么惊喜来，但近年来也有人刻意打造景致——植万亩桃林，种出一片花海来，看花的人趋之若鹜——挣得一笔好钱。乡下守着山的人也便心痒——种不出桃花，可以种梨花、李花，有了花，不但可以引得蜂来蝶来，也可以引得人来，知名度来，钞票来……

山接完了五月这批客，便可以安安静静地孕育植物。夏天的山很少受到搅扰——人们都挤在海里呢，每一片可以容人的海域都爆满。幸福是抢来的，对于海水的享受也是抢来的，这是疯抢者的世界，每一杯羹都会被疯抢的人撕成碎片吞掉。每一滴海水都是风景，它们在拥挤的游人和裸露的泳者身边小心翼翼地游走，躲避人们扔下的垃圾和体臭。

山不出众，不喧哗，但山上的树可不这样。一经霜，树们就疯了，要多红有多红，要怎样黄就怎样黄，斑斓冶艳，妖娆迷人。看山的人一股脑涌进来，可是山那么广大无边，再大的广角也无法把山的风采摄入镜头。带着兴奋，也带着些许遗憾，看山的人来了又去了，来来去去，去去来来，就像匆忙的蚂蚁。

不禁想起一段禅语，是说人生的三重境界：第一是看山是山，看水是水；第二是看山不是山，看水不是水；第三是看山还是山，看水还是水。

看山，或许真的就如人生，平淡中的真味，平凡中的奇诡，谁又能说得清呢？愚昧如我，这个秋天不看山，不去凑那个热闹，不再把自己埋在火红的枫叶里做出一脸幸福的表情傻笑了。名山大川也好，小家碧玉也罢，东山南山西山北山那些熟稔的地方也是一样——你看山，或者不看山，山都平静地在四季里轮回，而我们的生命，早已经不起起起落落的蹉跎。

　　缩在属于自己的一隅，或许我就是那一座名不见经传的山，春天的花，夏天的叶，秋天的果——所有的装饰都不是我的本身，我只是几块倔强的顽石，几捧干硬的瘠土，几枝不死的荆棘——我愿意守着赤裸裸的山的本真迎接即将到来的严冬，在严寒里心无旁骛地酣睡。

　　你来看山，我偶尔也会觑一眼神采飞扬的你。

老将至

一位朋友曾写过一篇文章，他说，变老是一种突然的感觉。我不信——从青丝到白发，从红颜靓丽到满脸皱纹，这不是风刀霜剑一日一日慢慢刻写在生命中的吗？怎么可能是突然的感觉？

作为早已过了不惑之年的女人，我从没觉得自己已经变老，变成了一无用处的"豆腐渣"。我一直童心未泯，保留着对自然对人生的热情与好奇心。我仍然会血脉偾张、激情澎湃。我仍然像从前一样做两份工作，从无怨言。

也许是多了一分精神支撑吧，相对于同龄人来说，我的容颜也要年轻许多。从前的同事见了我，不免惊叹，说我逃脱了岁月的鬼手，成了不老的"妖精"。

我不是林青霞，不是刘晓庆，我知道自己做不了常青树，但我真的觉得，衰老，对我来说是件很遥远的事。

中秋节前夕去取款机取钱，之后沿着小城绕了一圈，大包小包买了好多的东西，回到家里才发现，银行卡不见了，翻遍了手提包和卡包，怎么也找不到。老公提醒说是不是忘在取款机里了，急忙返身去银行，果然，卡被取款机吞掉了。

气喘吁吁地上楼，却怎么也回忆不出取款时的细节，那一刻，心情莫名沮丧，忽然感觉到了衰老的到来。老了，就是原本牢牢附在我们生命中的那些东西的逃离，最先逃离的，大概就是记忆：有时从卧房急急赶去厨房，到了那里却完全想不起来自己想要做什么；每次出门买东西都要先写张纸条，不然，回到家里就会发现，买回来的都是无关紧要的，最需要的总是被忘掉。

记忆是最先抓不住的东西，就像漂亮的肥皂泡在老将至的日子里炫目地碎裂、消散，我们迈着蹒跚的步子徒劳地追撵，却再也撵不上。

工作之余帮朋友们编书，多年来一直如此。那天朋友打电话，才惊觉今年的活被我拖拉得太久。从前，我总是把活干得又快又好，总能提前一大段时间做完。现在忽然发现自己不着急了，能拖一天是一天了，我明白这不是因为从容，而是因为，老了。

跌跌撞撞全力以赴忙了几日，总算完成了任务。刚一歇下来，忽然发现一条胳膊从肩膀到手腕都酸痛得不得了，抬都抬不起来，贴了膏药，吃了止痛药，全无效用。那几天我像杨过似的耷拉着一条膀子什么都干不了，每天苦苦挣扎企图活血化瘀早日好起来，可惜，胳膊可不管这些，罢工之后一直没有复工的意思。

原本一双近视眼如今又老花了，平时戴近视镜，看近处就得把视线从眼镜上方释放出来。这还不算，因为重度视疲劳，导致看东西有重影、视物不清、常常流眼泪，有一次，竟然引起了结膜出血……

牙齿也开始闹腾，缝隙大了，吃什么都会塞，有的还出了窟窿，一不高兴就让人疼痛难言。

还有腿，坐得久一点就僵了。血液似乎也流得慢了，一遇降温天气人就会变得昏昏沉沉……

那些骤来骤去的小灵感，那些在黑暗中飞舞的小火花现在露一下头就跑远了，我抓也抓不住。

老将至，上有父母要赡养，我怎可以苍颜白发，露出一点颓相？老将至，和同样老去的伴侣共同撑着家园，我们还须做彼此的榜样，我怎么敢最先投降？老将至，即使变成炉火的余温，也还是要努力，暖一暖孩子的心……

老将至，岁月不饶人。

没有锦衣，我该如何还乡

那一年，我撇开了深奥难懂的课本，逃出父母师长喋喋不休的教导和哀怨眼神的剑阵。我拍着胸脯说等着瞧吧，我要出去挣大钱，年轻的心豪气干云。然后，我汇入打工的人流涌入城市……

那一年，我没听父母之命媒妁之言，放弃了穿金戴银，做乡村小土豪之妇的机会，跟随一无所有的爱情去城市漂泊，发誓要亲手建一座不倒的爱巢……

那一年，我捧着红彤彤的毕业证书，就像捧着可以打开梦想之门的钥匙。年少轻狂自信满满，只是，蹉跎之后我渐渐发现，城市之中，每一扇门里都人满为患……

去城市掘金，去城市寻爱，去城市追梦……

三年又五载，时光催人老。在城市的大转轮里，我跑得晕头转向，仍然跟不上城市的步伐，得不到城市的奖赏。房子、金子、爱情、梦想……想要的这一切就像举在驴子前头的青草，跑得再快，也撵不上。

当初的豪言壮语变成干枯坚硬的核，卡在喉咙里，咽不下去，也吐不出来。

当初那么灿烂的爱情终于蜕变成了婚姻，在城市的一隅我租用了别人的烟火红尘，每一日，只剩下斤斤计较与鸡吵鹅斗——爱情只剩堆栈，大厦早已倾颓。

当初的梦想，如今只剩嘴角勉强挤出的一丝笑：谁对付的还不是眼前这点事？

可是，父母已经老迈。而我，仍然没有挣到让人满意的锦衣，仍然不能车马轻裘，吹吹打打极荣耀地还乡。

大门外，奶奶踮着蹒跚的碎步进了家门，笑出满脸核桃纹：她刚刚从村部回来，只因村里"老王家那小子"如今高就，人家怜老惜贫，春节期间打发粉红的钞票来走访乡亲。

一打粉红的票子就是锦衣，就是锣鼓，一瞬间，整个村庄就传遍了赞颂的经文。

父亲吸一口旱烟，轻咳，轻咳，明显是欲言又止，但终于绷不住，幽幽地说：老李家那小子，去年重修了祖坟，给老祖宗们都立了碑。

这是一种无言的锦衣，连死去的人都有份。

母亲翻捡着有些寒酸的年货和衣裳，絮絮叨叨：老刘太太那丫头嫁了个大款，比她爹岁数还大，全家都不同意，那丫头非得跟着跑去城里。这不，过年了，给老刘太太买了件貂皮大衣。

我能说什么呢？不能给父母脸上贴金，不能让父母因为我的锦衣而荣耀乡里，就只能无言，眼泪和血吞。

人要穿衣，脸要贴金，可是又有几人，可以随心所欲地搬回城市的锦衣玉食？

为了一张价格相对便宜些的火车票，为了用手头有限的资金买得过年回家送给七大姑八大姨的礼物，腊月，漂泊在外的人原本沉静的心成了莽莽苍苍的濡湿的荒原。一年的压抑与无奈全都集中起来，有人眼睛发红；有人嘴角起泡；有人动了抢掠之心，铤而走险；有人生了杀人放火之念，孤注一掷——这份捎不起的乡情，这件终生难求的锦衣。

乡村里那些渴慕的眼神多像无形的手啊，牵扯着身在繁华城市的我，逃不掉，挣不脱，想起来便心髓俱痛。外面天寒地冻，游子急火攻心。

但是，没有锦衣也要回家，把想要一点小虚荣的心低到土里。也许，今生早已注定，我就是一粒小小的尘埃，从乡村漂到城市，又从城市漂回乡村……

诗人栖居处

第一次去公墓，去看一位诗人。他住进高高的、安静的南山，已经整整一年了。

出租车是不肯上山的，司机说，近日上山的车已经翻了三辆——也是，这种地方容不得车轮滚滚，人声喧嚣。

把俗世之中日日浸在滚水里、沸油中的心捞出来，在新汲的井水里投投凉；带着一颗刷洗干净的清洁之心、崇敬之心，带着鲜花、酒以及诗歌，我们一起去看一位故去的诗人。

这是真正安静的世界。苍松翠柏，蓝天白云，偶尔会有鸟鸣幽幽，虫唱喃喃。再没有你争我夺，再没有荣誉或是耻辱，所有那些魂牵梦绕纠扯人心的往事全都散了，只剩下天高地阔，只剩下风轻云淡。就像一个小小的句点，不会被人注意，却是最终的结局。

沿着大理石台阶拾级而上，走不多远，便是诗人的安身之处。比树林还要密集的墓碑，整齐划一刻着金色的名字，没有照片，没有多余的空间。原来天堂也是寸土寸金，心不由得刺痛了一下——诗人的天堂，难道和人间一样拥挤？

记得老人们讲过，人是有三魂七魄的。人死后，一魂投胎，一魂享祭祀，一魂守着坟墓。不知道这守墓的灵魂能不能感知空间的逼仄或是空阔？如果他仍然写诗，会不会有太多的吵闹让他难以成章？他喝酒时，是否新交了知心朋友，一醉到天明？

　　小心绕到诗人的墓碑前，很怕碰坏了别人家的栅栏、别人家的门扉。鲜花放了厚厚的一层，不用说，也借用了邻家的院子，不知诗人和他的邻居是否交好，那祭奠的酒席，谁与他分享？那些写给他的诗歌，带给他的是悲伤还是欢笑？

　　一直觉得，我是勘破了生死的，可是，这深深埋葬在碑林中的诗人还是让人心中陡生局促。看来，诗歌中人们梦寐以求的天堂，以及诗意栖居的净土，生不可得，死后更是得不到。

　　注定，有些美好只存在于诗里、梦里。

　　即使是诗人，也还是要用流传于民间的传统的祭奠方式。鲜花、酒馔、亲朋的祝祷、眼泪和悲伤……一样都不能少。声音在凛冽的空气中颤抖，泪水在呜咽的晓风中飘零，死亡永远是最深奥的哲学，没有人可以在活着的时候完全读懂。

　　当那些冥币沿着火苗的路径化为灰烬，当香烛吐出最后一缕长烟，跪拜的人留下一地话语，或许，这已是冥界听不懂的语言。

　　然后，远离。

　　诗人，你的酒已残，菜已冷，转身，只见窄窄的墓门。

　　你走了，像一粒沙回到土里。这是一世的别离，缘分已尽。你的好，你辉煌的成就，就像你的脚印终将被一一捡起，那些歌功颂德，那些誉与毁，全都一文不值——走就走了，就让一切化为烟，化为云，化为一场虚无，了无痕迹。

　　像一场雪，白过，覆盖过，被歌颂过；也脏过，纠缠过，被讨嫌过……一切，来则来矣，去则去矣。

　　只有文字像细碎的沙砾，总会在无眠的夜里，硌痛了谁的心。

喧嚣的世界

假日里我很少出去逛，如果非要出去，一定要穿小街走陌巷，尽量避开商铺林立的主街道——那里挤满了嚣张的音乐和"大放价""大出血"之类歇斯底里的商家广告。他们总以为声音会有一种魔力：谁的嗓门大，谁就会顾客盈门。大分贝的叫嚣让人不寒而栗，再宁静的内心都会被撕成碎片，狂掷到喧腾的海里载沉载浮。

小街与陌巷其实也不能完全避开那些巨大的声响，好在远离音箱，心灵所受的捶打也便轻些。

此时是万不能去景点旅游的，每一个景点都人满为患，没有人肯闭上嘴巴，用静默的心与山水田园和花草树木做一番灵魂深处的交流。油菜花也好，郁金香也罢，不过是微信上用来炫耀的背景，每个人都花心思用不同的方式对着世界呐喊——油菜花，我已深入你的腹地；郁金香，我就要踩断你的根须——蹂躏了风景，也就占有了风景。

无辜的花朵被吓呆了，吓傻了，在镜头下瑟瑟发抖，那些被喧闹赶走的天然的灵性画面只剩下一层表皮。每一张被贪婪攻陷的照片都只保留了无可奈何的呆滞背景，回忆起来则让人丢失了信心，兴味索然。

不仅如此。

有人说念旧是年老的表现，大家忙的是向下一个目标进军，没有人肯坐下来，反刍一般，对匆匆的过往做细致的咀嚼，慢慢回味。

"行万里路，读万卷书"，古人的话是理直气壮的佐证，可惜太多的人断章取义，跟随各种团体走了很多地方，书却一本都没读。相比于行走的喧哗，我更愿意捧一杯茶、一本书，守着家园，心情安宁，岁月静好。

除了旅游，眼下更热的是健身，放眼天下，几乎没有一种健身活动是可以悄无声息地进行的。

大妈们的广场舞据说已跳到了法国巴黎。在我们身边，她们完全掌控了原本平凡宁静的生活：大广场有人在跳，小广场也有人在跳，广场挤满了，江坝上，山巅上……只要有一小块空地，大妈们就会聚合成一个团体，铿锵的乐曲响彻云霄——也只有在这片土地上，才能让《最炫民族风》这种粗豪的歌受到一致的追捧，唱遍大街小巷。

在大妈们健身这一时间段内，几乎没有一块净土可以逃避噪音的侵扰，对抗的办法就是戴上耳机，让一种声音与另一种声音展开厮杀。

相对于跳时尚的广场舞，我宁愿选择一个人安静地去登山。选一条蜿蜒的小路拾级而上，因为不吵不闹，一心关注眼里的花花草草，植物们也便心领神会对我绽放欢颜。鸟儿们也不怕我，有一搭没一搭地啾啾鸣叫，发出天籁之音。

然而，总会有人声来打破这份宁静。一些人喜欢大声啸叫，一些人对着树木大发武功：手捶之，脚踹之，乒乒作响。树木一声不吭承受着人类的疯狂，倾听着各种号叫。每一次，看到树皮上累累的伤痕，我都会为一棵树痛心不已。

登山的多为大叔，他们都有必不可少的装备——录音机或收音机。每每与他们擦身而过，不是单田芳沙哑压抑的评书，就是邓丽君软绵绵甜腻腻的老情歌，我常常在神游大荒时被这种格格不入的声音于瞬间扯回来，掉入凡俗之中。

不跳舞时，大妈们绝不独立行动，三五个人横贯整个山路，"张家的姑娘李家的崽，三只蛤蟆四只眼"，家长里短的声音一直跃上枝头，飞驰在树梢云端，聊天似乎永远都比登山重要许多。

也有安静跑步的年轻人，与他们相遇时只有风声、鸟鸣以及细碎的脚步声。年轻人何以老僧入定般如此安静？仔细观察才发现：每一双耳朵里都塞着耳机，原来他们所沉浸的，仍然是声音的世界。

也许本该如此，每个人都无法逃离这个喧嚣的世界，无可奈何时，耳边响起一位作家曾经说过的话：发生就永远不会消失的是拥抱，而诺言注定会随风而逝。

再喧嚣，再热闹，都不过是一堆泡沫，掩盖不住空虚与无聊的心。

你走，我不送你

　　早已年逾不惑，生老病死之事原该坦然面对，可惜，我一直懦弱，总是没有勇气去面对那些最后的离殇。

　　去火葬场送别熟识的人，平生只有一次，他是我们曾经的局长，正当壮年，却意外死亡。望着黄色布下那具伶仃的遗体，想到他几日前的生龙活虎，恍然悟出生命的无常。不甘与无奈交织，心里便有辗转的牵扯与纠痛，如鲠在喉。

　　感受到那种痛苦还不仅仅因为死去的人，死者已矣，生者何堪？火葬场外，亲人们哭得肝肠寸断，几欲昏厥，不免也要陪着垂泪，渐渐地便觉得胸口空空如也，有什么被钝刀子一点一点地挖去，痛彻心扉。

　　一个鲜活的生命，在病魔的肆虐下，一日一日，直熬到油枯灯尽，这是一种怎样的酷刑啊！灰霾黯淡的瞳孔，松弛干瘪的嘴角，柴枝一样的手臂——等到最后那口气咽下，生与死便设下了关卡，人间与天上，也便锁了一道重门，爱也好恨也好，那些深入骨髓的情感都要被一一带走，不管活着的人要流多少泪、多少血，要承受多少彻骨的痛。

　　因为每一次的诀别都会感同身受，渐渐地就怕了，逃了，听到有人去世的消息，我就匆匆地躲开，逃得远远的。

上班的路上要经过一家太平房，那里挂着一块烟熏火燎的大牌子，写着"停灵间"，这是死者在人间的最后驿站，在这里亲人要为死者守夜，做最后的陪伴。"停灵间"几个字让我感受到灵魂的安歇，痛便被一种想象所代替，也许，生与死原本没有那么决绝，生是一种形式，死是另外一种形式，"停灵间"就是生死之间的一个转换站。只是，执拗的我一直觉得，那里，停驻的都是与我无关的的陌生人，就像看到产房一样，离世的旧人与匆匆而来的新人，这一切都远离我——去者无须悲，来者亦无喜。

倘若是熟悉的人，就大不同了。记忆会变成永远的伤，诀别时要把伤口打开，我真的没有勇气承受这种离殇，更何况还要和死者的亲人共叙往事，丝丝缕缕地深掘下去，挖出无尽的憾事来，让人悔断情肠。

越是熟识的人就越是没有勇气去做最后的诀别。总是以为，没有亲自送那人走过停灵间，没有送他去火葬场，他就还活着，活在广袤大地的一隅，依然笑容满面，依然幸福、安康。

只要没有亲自去看望并且安慰那些流泪的面孔，他们的亲人就会像从前一样健康安然，时光会在某一时刻定格，幸福一直还在他们身边。

你来，我去接你；你走，我不送你。没有勇气去面对铺天盖地的悲伤，没有勇气去面对那些遗憾，远远躲开，尽量不去见证那些失去亲人的朋友一览无余的哀伤。

等到慰问的人群散去，等到喧闹之后漫长的日子把人沉到疼痛与孤凉的渊薮，我倒很愿意默默走近，默默陪伴——不管受到怎样的酷刑，只要生命还在，就要往前走，谁都无法停留。

雪的心思

真的很不喜欢雪，尤其是在阳春三月。

博友们已经陆续上传了春花烂漫柳绿桃红的图片，我们这里却依然是大到暴雪。北风肆虐，扯天扯地一片灰白。道路湿滑，交通受阻。瑟缩着从雪雾里逃出来，才发现那些粘在头发上、衣服上的雪已经融化，沁凉的雪水钻进脖颈，顷刻间寒战连连，冷透了肺腑。衣服上也濡湿了一大片，必须马上清洗，否则，自然干后定会留下触目惊心的难看渍痕。

雨是一场清洗——大雨过后，路上的积水总会变成清澈的细流淙淙流过；雪却是一场漫卷——把尘埃和灰霾纠结在一处，大大小小凌乱地堆积起来，道路、田野、山川……因为雪的加入，污浊全都膨胀开来。从半融的雪路上走过，鞋子会湿，会脏，裤脚上也会沾满污秽。

恨透了春日里这脏兮兮的雪，推掉了所有的应酬，把自己关在家里，与窗外呼号着四处横飞的雪对峙。我不知道文人墨客为什么不遗余力地赞美雪，也许是因为它的洁白无瑕，因为它精致的六角形花瓣，因为它轻绡薄翅一样让人怜爱的容颜吧？人们对于雪的认识多像蛮荒时代雄性对雌性的认识：就那样一直停留在肤浅的感官基础上！其实，雪的心如果不够冷酷，又如何能保持住这看似娇美的假象？

雪其实是嗜杀的——再孤傲的梅也无法在苦寒的东北扎下根来，在雪野里开放花朵。雪痛恨众芳荟萃，它只想一枝独秀，漫长的冬天里，雪恬不知耻地爬上植物们的枝头，压弯了它们的腰身，把自己当成这世上唯一的花朵。

那些藏在草秆里妄图躲过寒冬的虫大多被雪杀死，病弱的雉和野兔也常常被残忍地冻杀。乡下人养的猪狗之类的家畜，也是要严防它们在冬天里产崽的——雪不欢迎新生，不喜欢粉嫩的新生命。据说，倒在雪地里被冻死的人会保留一种快乐迷醉的表情，还会呈现红艳的腮红。看来，只有面对死去的生命，雪才会这样殚精竭虑去做精心的描绘。雪对死亡喜闻乐见，它把每一具尸体都完整地保存下来，用一冬的时间慢慢欣赏、玩味。

雪更是野心勃勃的——它总是做出柔弱、轻盈的姿态，必要时还会哭哭啼啼，宛如心机极深、怀有妒意的女人。它用尽心思，只为一场一场，一寸一寸地巩固自己的地盘！再俊美的高树，它都要压一压，踩一踩；再玲珑的山崖，它都要遮一遮，盖一盖。它希望世间的美景全都黯然失色，只剩下它风骚独领，让世界一片苍白……

雪冷却了我们的热情，冻结了我们的梦想，混淆了我们的是非观念，让我们失去真知灼见。多少年来，我们沉溺于雪洁白的诱惑，陶醉于雪制造的清白世界，像无脑儿那样在雪里欢呼雀跃……雪用无声的魔力彻底掌控了我们的思绪。像外表清纯、心思缜密，而又工于心计的美女，雪总是与肮脏龌龊拥抱勾结。没有一粒雪，可以永葆最初的清白！

好在冬天已经过去，总有一天，阳光的照妖镜会照彻雪衰败老朽的脸，照出它肮脏晦暗的内心。总有一天，它要灰溜溜地退出，把世界交给万紫千红的春天。

生命，一场没有退路的旅行

已到不惑之年，感觉自己并不老，仍然有一颗童心，仍然时常犯傻看不清世事纷纭。有时甚至柔情萌动，对一朵花、一棵树、一只高冷的"喵星人"爱到痴迷。日子还凌乱着，心还柔软着，总觉得，青春的尾巴，我还稳稳地攥在手里。

可是，有人已经开始掉队，往日的同学，如今已经去了三个。在葬礼上与同学相聚，谁的白发刺伤的都是大家的眼睛，谁的皱纹卷起的都是大家的心。想当年大家生龙活虎，个个都是含苞待放的蓓蕾，那么稚嫩，那么青涩，这才过了多久呢？白驹过隙，弹指一挥间已是苍颜白发，满满的都是岁月风刀霜剑的刻痕。那么多的沧桑，那么多的磨砺，那么多不为人知的故事！时间这把刀，把四季割得那么零碎，把生命割得薄了、脆了。站在季节的门槛，满眼都是落红飘零。

人是离不开集体的。一个曾经生机勃勃的集体就像一棵大树，一枝一叶都是生命的欢歌，可是当春天走远，夏天来临，在这本该鼎盛繁茂的时刻，偏偏会有叶子忽然凋零，让人惊觉生命的无常——每一个掉队的人都是被风吹落的叶子，带走并埋藏的，是我们记忆里丢失已久的青春，我们去祭奠死者，也是在祭奠曾经青春年少的岁月。

泪眼蒙眬中，埋怨他们不该走得那么惶急，不该把生命撕扯成小片随手扬弃。原以为，相处的时光还在后头，一场缘，会永久到没有尽头。可是，总有喜欢早一点交卷的孩子，连离去，也有人要抢到头筹。

丢掉那些矜持、那些疏离，大家深入交流之后才发现，早去的，经历往往都更加丰富。从一场婚姻走向另一场婚姻，从一个职位走向另一个更高的职位，超负荷地奔波、攀爬、运转，就像刀锋上的舞者，优美的姿态，华丽的转身，雷动的掌声，万众瞩目……把生命舞出绚丽的色彩，把每一滴血、每一滴汗都挥舞成气态，开出一朵茧花来。原本羸弱的人却在精彩的演绎里透支了生命，终于有一天，一切都戛然而止，从此风流云散。

经历得多，后悔的事也多。那些走得急的，心中往往有更多的辗转，更多的难以取舍，他们的人生，因为高密度而变得短暂，死者已矣，生者何堪？生命原本无所谓长短，算来算去的，是仍然活着的人。

其实，生亦何欢，死亦何憾。对于生死，看得多了，人也就逐渐麻木了。等到了悟生死时再离开，人是不是会走得更坦然些？在生命的途程中，我只是坐在后排默默无闻的笨小孩，没有可以炫耀的好成绩，没有冲上前头的执着。生命，原本就是一场没有退路的旅行，我一直走得很慢，走得很平凡。也许是因为活得简单，连后悔也被慵懒赶得远远的，因此，走过的路，就让它变成明日黄花，不再回头看。

不再回味曾经的怯懦与徘徊，不再梦想最初的情感与爱恋；不计较当初选错了方向，不埋怨命运给我的那些忧伤。满眼风雨让我学会从容与坚强，一路花开嫣然成眼底的芬芳……就这样散漫地活着，不思来路，不想过往。

生命是一场没有退路的旅行，如此美丽，如此轻渺，实在经不起挥霍与蹉跎。终有一天，我们都要回身，捡起所有的脚印，作为今生唯一的收藏。

要看紧那些种子

　　花盆里长了一株小草，针一样细的枝条，一丁点脆弱伶仃的指甲样的小叶子，瑟缩着，战战兢兢的，看起来就算是苍蝇翅膀掀起的那一缕风也能吹散它。倘若哪天忘记浇水，它立刻蜷缩起来，仿佛随时都会玉殒香消。

　　它那么脆弱，那么无用，以至于我都不忍心拔掉它——好歹也算一星绿意，索性让它留在花盆里吧。

　　转眼间我就忘了它的存在，也是在转眼之间，它开枝散叶占据了花盆的大半，细细的枝条依然弱小，但不乏柔韧；叶子依然薄透，但生机盎然。因为有了这小草，整个花盆一副郁郁葱葱的模样。

　　花盆里有一片热热闹闹的小草似乎也没什么不好，尽管它们此时已连成片，挤挤挨挨攀着盆沿四处张望。我有时也拔下几棵泛黄的草茎，甚至连碧绿的也大把地薅掉，可是这些草全不在意，它们全神贯注，承前启后地生长，不久就满盆皆是，还开出细小如霰雪一样嫩白的花朵来。

　　花盆里，精心侍养的那株迟迟不肯开花，却有一片兴致勃勃的小草开出满盆的星星点点来，心中不免惊喜，感觉自己占到了一个大便宜，此时，哪还舍得把这些侵入者赶出花盆？

但是我忘了，开花只是一种魅惑，结籽才是它们的本意。那么细碎的小花，没想到竟然会结出那么细长强壮的荚果来，每一只饱满的荚果里都住着数也数不清的小米粒大小的种子。

这些激情澎湃、热情洋溢的种子一点都不喜欢平淡低调的生活，它们长得比整株小草都长、都重，纵情恣睢，没几天，就挤对得原本柔弱的小草变得萎黄了、蔫了，软软地匍匐起来，荚果们却变硬、变黑，日趋成熟。

我拈起那些枯萎的草，忽然发现有什么东西在我的手上碰撞——那些昂扬的荚果，只一碰，就匐地炸裂开来，把细小的种子激射出去。

手臂上，花盆上，窗玻璃上，窗台上……有一段时间，家里似乎随时都能发现那些细小如针尖的小草的黑亮的种子，它们仿佛长了翅膀无处不在。不久，其他的花盆也都一一"受孕"，一株株弱不禁风的小草接连不断地从各个花盆里冒出来。

我如临大敌，慌了手脚，每天都要围着花盆逡巡，一发现小草拱出土来，立刻咬牙切齿地拔掉。那花茎，柔弱得轻轻一捏就断掉了，起初我还窃喜，以为一株小草终究翻不起大浪，没多久就发现，我掐掉的地方会有更多的细茎长出来，原来那小草竟以为我是在给它掐尖。我一次又一次地拔断那些细小的茎，却不能把它们连根拔出。

没办法，第二年春天，我扣掉了所有花盆里的土，细心地把它们装到袋子里，又把房间认真打扫一遍，给花盆换上新的花土——那些细弱小草的攻击总算是告一段落。

再不敢掉以轻心，因为，一粒种子真的可以长成一片荒原。一颗细小的种子，真的可以倾覆我们恪守已久的安静心房——坏情绪就像野草，只要不小心丢进心里一枚种子，用不了多久就会衰草连天。

家是永远的梦

这只是我暂时的家，我不会住得太久，几番挣扎之后，我就会与它剥离，奔向另一个世界。

——很小的时候，我就常常这样想。

十五岁，我终于如愿以偿，带着一颗好奇心去外面闯荡，逃离了那个最初的家。

热闹的住满了同龄人的栖身之所，是另一种形式的家。从此我像一只蚂蚁，在固定的道路上碌碌奔忙。但我清醒地知道，我不会住得太久，这块土地不属于我，这孤傲的建筑不属于我，我会离开，我必须离开。

数载忙乱之后，打点起家当，背起破旧的行囊，像来时一样，匆匆地踏上归途。画了一个圆圈之后，我又回到了起点。这一段回首是重温生命，还是一种皈依？

以为至此会把自己交给平凡宁静、宠辱不惊的生活，以为会挡住漫漫尘嚣，在有蓝天白云、青山绿水，有淡淡炊烟的桃源安放自己倔强的灵魂。

日子在简单的重复中扭扭捏捏地来了又去了，生命在庸庸碌碌中时而充满激情，时而充满憧憬地延续。

忽然有一天，厌倦了这份平凡单调，觉得自己该走了。主意打定，便坚定、决绝，所有不肯做的事都硬下头皮，做得理所当然，其实世间无所谓好事、坏事，肯做，就是好事，肯做，事就会成。

带着更多的行囊，擦干祭奠的眼泪，打扫了老宅里走了十几年的脚印，打扫了斑驳的记忆，拖家带口地奔赴另一个梦乡，布置好另一个家园。把疲惫的心轻轻地、轻轻地安放在里面。新房里，有与我血肉相连的爱人、孩子和众多的亲人；有与漫长征程纠缠不清的欢笑、疾病，刻在记忆里的故事、尘嚣、故土，以及我爱的植物、默默陪伴我们的玩偶……真是一个杂乱的家园啊。

看，这么多年，用逝去的年华换来的，我们努力的结果，我们生命的花朵——开得多么富丽！多么堂皇！

常常停泊在一扇窗前，俯瞰匆匆的人群，看无忧无虑的孩子、牵手的恋人、精神矍铄的老者……也看别人的奔波、贫困、不如意……就这样，日子在朝升暮落中走远。

如果白发想要，就把这三千青丝给它；如果皱纹想要，就把这一世红颜给它！总有一天，我们要在一扇门里安歇疲惫衰老的病体，年轻的、健硕的灵魂早已急不可耐，先我们而去。不知道失却了肉体家园的灵魂，会怎样攀越？

一个人的中秋

　　窗外，噼里啪啦的声音远远地响起，也许，河的下游，又有一场绚丽的烟花雨了吧？

　　只是倾听而已，实在懒于下楼去看，早已做了充分的准备，来过这一个人的中秋。

　　"一个人的中秋"，从中午开始，这几个字就一直在我的脑海里萦绕。想到这几个字，不是寂寞，也不是感伤。人生本该如此，在个人与集体的交错中，在分别与相守的嬗变中经受繁盛与凋零的变更。

　　忽然想起，春天的时候，还曾经预想过，儿子上大学后，生活会有怎样的变化，那时候只是想到，家里面少了一个人，就少了许多劳作与辛苦。

　　现在，儿子离开家，整整一个月了。说起来时间似乎不长，可是作为母亲，却好像是过了一个世纪。儿子离家的时候，本以为他国庆长假就会回家。可是"甲型H1N1流感"打乱了一切，儿子的大学封校，假期取消。犹豫了很久，想去看看儿子，可是又怕匆匆一见之后的分离。我说过我不会在儿子面前掉眼泪，儿子大了，他不能太想家，妈妈的翅膀不能永远遮挡儿子的天空。抑制了自己的想法，就让儿子经受这一次磨炼吧。

隐忍和压抑，儿子的性格，有太多都是对母亲的传承，他也一定会像我当年一样，有梦想，充满了热情。只可惜他去的那个学校不尽如人意，儿子总是说，学校里啥也没有，上课的时间却安排得很紧，他说他会感觉很闷，然而我知道，孩子真的需要一所这样的学校，能够触动他，激励他。在这所学校中，希望儿子学到的，不是享受，而是改变、突破、向前冲。

在别人的眼里，也许他不是最优秀的，但是，在母亲的眼里，儿子永远都是最好的。从小到大，儿子都是我的骄傲。小时候，他天真善良，从未号啕大哭过，也从未说过脏话，没有骂过人，他瘦，但是健康、快乐。他喜欢的东西，更是一定要与父母和亲人分享的。

他的玩具没有别的孩子那么多，记得儿子十岁左右的时候，不知道从哪里拆下来了一个发动机，他竟然用矿泉水瓶之类的废品造了一艘船，当我看到他造的船在洗衣盆里轰鸣时，我笑出了眼泪。

小青蛙一样蹦蹦跳跳的儿子，给我讲《三国演义》的儿子，过马路时总是拽着我胳膊的我的儿子……现在，不会有人在本该午睡的时间里吹口琴、弹吉他，也不会有不熟练的口哨声在夜晚叫醒楼道里沉睡的灯。下班时不必急急地回家——就算做好了饭菜，还有谁会来品评味道，并且蹲在凳子上，用那么不雅的姿势把这个家装点得那么热闹、有趣？

孩子离开家，就是做母亲的最大的失落，其实，料理家务、照顾孩子，对于我来说，真的是一件很幸福的事。

如今，只能不断地打电话、发短信，在语言和文字中揣测儿子的生活状况。也许，以后的日子里儿子不会做出什么惊天动地的大事来，但是，就算过平凡日子，也要学会快乐，学会享受那些小小的幸福。

这是中秋夜，不知道儿子会不会在赏月，我是推开过窗子的，那一轮圆月宁静、安详，挂在远远的高高的天上。我在心里默默地膜拜了月神，只希望她能护佑我的儿子，让他的日子平安、顺利。儿子天天都有短信发来，每一个字，我都读得懂，我知道：儿子，今晚，你是想家的。

中秋的夜晚凉如秋水。我关了窗子，吃了一块月饼，一个人的中秋，更不能漏掉节日的程序，不能让远在他乡的儿子为我担心。